本書由河南大學黄河文明省部共建協同創新中心資助出版

# 劉應陛集

[清]劉應陛 著
張亞軍 點校

中州古籍出版社
·鄭州·

◎清代中州名家叢書

**圖書在版編目(CIP)數據**

劉應陛集 / (清) 劉應陛著;張亞軍點校. —鄭州:中州古籍出版社, 2019.11
(清代中州名家叢書)
ISBN 978-7-5348-8706-2

Ⅰ. ①劉… Ⅱ. ①劉… ②張… Ⅲ. ①中國文學-古典文學-作品綜合集-清代 Ⅳ. ①I214.92

中國版本圖書館 CIP 數據核字(2019)第 107027 號

---

**出版社**:中州古籍出版社
(地址:鄭州市鄭東新區祥盛街 27 號 6 層　郵編:450016)
**發行單位**:新華書店
**承印單位**:河南大美印刷有限公司
**开本**:890mm×1240mm　1/32　**印張**:7. 25
**字數**:170 千字　**印數**:1-2 000 册
**版次**:2019 年 11 月第 1 版　**印次**:2019 年 11 月第 1 次印刷

---

**定價**:26. 00 元

# 序言

劉應陛，字覲辰，一作覲宸，號胎簪，河南信陽人，生於雍正十三年（一七三五）。他自幼喪父，由母親撫養成人。幼時聰慧，異於常人。十五歲應童子試，文章冠於諸生。他曾師從昌平陳浩，學問益深。乾隆三十年（一七六五）中舉，游於京師。時陳浩之子陳本忠在户部任職，與朱筠、姚鼐、程晉芳等人相善，游宴賦詩，應陛常與之俱。席間對酒論詩，諸人皆爲之傾倒。但劉氏爲時局所困，屢不得志，後自京歸鄉，隱於信陽。時常偕友同覽名山大川，行跡所至，既有鄂州、長安，又有燕趙、京都。後劉應陛生活困窘，於乾隆三十五年（一七七〇）病逝，終年三十六歲。

劉應陛出身文化世家，才華横溢，文采出衆。其作品集原名《胎簪集》，共十二卷，含詩十卷，賦一卷，文一卷。信陽靈山劉氏一族人文炳蔚，代有著述，諸如《北征草珂冷集》《懷新堂詩》《松園集》《天目集》等。劉應陛生而穎異，年少之時即能吟誦成章，州郡之人奇之。後嗜古益篤，凡漢魏以下及當朝諸名選詩賦，悉搜覽妍媸，瞭如指掌，胸次浩然，論文尤重氣骨。他關懷民生，關注現實，與友人往來密切，將平生感遇賦之於詩文，去靡存雅，名曰《胎簪集》，是『將以質諸大雅，希真鑒紹，前徽操願，固無涯也』。在他去世之後，其友整理此集，言：『存詩賦什之五而雜著如書、序、碑、誄之類皆已散失，不可輯，僅録其存者數則，以見吉光片羽，愛莫能割焉。』可見，作品曾有散佚。劉應陛的創作主要體現在詩、賦、文三方面，尤工詩。從整體風格來看，頗具漢魏風骨，剛健遒逸，骨峻清拔，陳浩論『（其）詩與古深矣』，好友郭益埥稱曰：『（應陛）爲中州風雅之宗。』又言：『中州之詩自大復而後三百年來，其將有代興者乎？』符保森曰：『信陽何大復與空同並稱詩道中興，遂爲明代一大宗，歷三百年而有劉覲宸。』可見刘氏的創作風格與篤好古風有關，同時也很好地繼承了何景明的詩道文風。

劉應陛的詩歌今存約四百多首，内容豐富，題材多樣。其詩記述了他的人生行跡和内心感悟，細緻抒寫了親情、友情，表現出濃重的人文情懷。就體式而言，劉應陛的創作既有樂府詩，又有工穩整齊的五律、七律詩，騷體、雜言體詩也有涉及，形式多樣化。詩歌内容主要體現在四個方面：

## 一　寫景詩

劉應陛中舉未售，歸於信陽，一直耕讀度日。其詩集中描寫了日常生活，田林園景、登臨遠眺、探訪寺院、流連山水等。他不僅詳細記述了行游，描摹美景，而且注重抒情，景中見情。其行蹤主要集中在三種場景：

其一，信陽周邊。劉應陛自京歸鄉，在信陽生活的時間最長，因此，描寫信陽山水景物的詩歌尤多。他善於從不同視角、不同場景來記述自己的村居生活，有偕友同游信陽山寺的作品，如《雪後登永寧寺》《陳虹舒邀遊賢隱山寺》《八月廿日賢首寺看桂作》《重游靈山寺》《過龍泉寺偕樂寅華泉登寺後山》《龍牙寺登高》等，亦有登臨山水的佳作，如《游賀氏園》《石塘灣望柏泉山》《彭家灣》《夏日游白龍潭》《登池中廢臺》等。這些作品寫景真實，風格清麗，體現出作者對故鄉山水之美的讚賞。

其二，中原之行。劉應陛中舉之後曾北上京師，途經中原，所見所感付諸詩歌。有因地懷古者，亦有因古懷人者，行跡清晰，抒情濃郁。諸如《渡淮》《汝南懷古四首》《宿臨潁許州寄方山》《過尉氏弔蔡中郎》《嗣宗墓》《朱仙鎮岳祠》《登汴城北樓》《確山道中值雨贈聖選》《新鄭過高文襄故宅》《武陟道中》等詩。在描繪風景名勝的同時，劉應陛也表達了自己對中原厚土的熱愛。

其三，河北、湖北之行。劉應陛曾因事入京，路經河北，其詩記述了自己的行蹤，同時也描繪了具體的圖景，如《鄴都行》《次欒城》等。劉應陛也曾南下入鄂，時而夜泊靜思，時而登樓遠眺，常常借景色來抒發自己的思古情懷，如《十八灣夜泊》《登桂香亭》《登晴川樓》《黄鶴樓》等。這些詩情景交融，直取自然。

## 二 贈答詩

劉應陛的詩詳細記述了自己的交游生活，既有入京或漫游時與朋友之間的贈答唱和，亦有南下湖北或送友遠行的贈别詩，内容豐富，情感真摯。前者如《得天谷河北書》《贈吴雲巘先生歸自湖南》《贈郭方山》《贈張搢笏返雲南》《贈送静持之福州五首》等，後者如《秋雨送别陳漢青之汴》《送葉聖同之武昌》《遥送雨豐還錢塘》《送黄山人益齋還江西》《送漢青赴江西幕府》《送聖選司訓新安》《寄陳榮萬兄弟》《送閉郡博陞令壽昌》等。這些詩情藴深厚，藝術表現形式多樣，表現了劉氏注重友情、善良友好的一面。

劉應陛與朋友之間的酬答之作，尤屬與張樂寅、郭筠亭、畢梅江、張天谷等友人爲多，往來唱和，用力尤勤。如《和樂寅經雙林寺感舊之作》《次答樂寅》《月夜書懷贈樂寅》《感舊贈樂寅二首》《贈筠亭留宿山寺》《雨寄筠亭》《寄天谷》《答梅江》等，交往密切，歎爲知音。這些詩有的傾訴真情，襯托登山臨景的樂趣；有的直剖心跡，抒發由生活困窘、失志不遇而帶來的精神痛苦。既有劉應陛與友共享的快樂時光，又有他貧病交加、落寞情懷的吐露。這種真摯的友情、珍貴的情誼成爲他困厄時期的支撑和幫助。

## 三　詠懷詩

劉應陛早年穎異，又嗜古好學，他的思想既有儒家廣濟天下的民生關懷，又有道家超然物外的放逸灑脱。其前期作品主要以描繪日常生活爲主，傳達出一種安祥静謐的氛圍；但後期作品，由於前途无望、生活困窘，他内心的激蕩與悲慨躍然紙上。

劉應陛受儒家思想影響，曾想積極入世，故而詩中多處表達了這種傾向。如《歸渡淮水》：『平生舟楫志，未敢傚潛夫。』《八月十四夜懷樂寅汴中秋試》：『男兒要當早致身，即今聖代無隱淪。』這些詩直抒胸臆，反映了作者致力仕途、欲騁其志的願望。然而命運多舛，劉應陛並未等來機遇，反而是病中憂歎，困厄度日。他曾以陶淵明的田園隱居來安慰自己，也曾以李白的飲酒放縱來寬慰自己，但都不能消除長期以來積累的抑鬱。前期的劉應陛充滿希望，以積極的態度對待生活，他是快樂的，因此，目之所見，山水景物、院落村草都成爲他描摹與歌詠的對象。但是，後期身體病恙，理想破滅，使他漸漸失去了信心，匏瓜徒懸，人生無奈，於是，沉重、鬱悶、憂傷的情調充斥於詩歌當中，述志悲苦，愁情自現，如《書懷贈梅江》：『嗟予始三十，屢蹶慙騰驤。』《懷梅江》：『良無淩風翼，延頸復奚爲。』《雨宿漢口》：『底事頻侵枕，無眠對北軒。』寫出了曾經的壯志和無所作爲的現狀。又如《冬夜書事與樂寅》：『霜月娟娟夜不眠，病懷愁思各悽然。』《懷人絶句八首》其一：『荒郊寂寞贛江濱，愁劇休文舊病身。』《暮望》：『節候逢多病，生涯託苦吟。』《與樂寅》：『病身還自愛，家累未須愁。』愁慘至甚，鬱鬱寡歡。劉應陞寫給妻子的詩，情境淒苦，令人感傷。如《病夜》：

我向秋風苦病侵，經冬猶自擁寒衾。蕭踈蓬鬢從教短，寂寞柴門漸覺深。須識死生原夢幻，好將姓字任浮沉。吟身料理非關藥，趺坐長宵見此心。

又《病起示内子》：

病起含悽甚，徘徊覺汝賢。死生腸已斷，兒女手重牽。幾向扶牀泣，何曾解帶眠。牛衣爭似此，肯爲負他年。

因病生悲，孤苦至極，寂寞柴門，生死無奈，無盡的感傷、淒涼、痛楚充盈其間。這些詩不僅真實地反映了劉應陞後期的心態，而且也完整地顯示了他人生的變化過程。

## 四　詠物、詠史詩

劉應陞的詠物詩和詠史詩常以平實之語描寫日常生活，或明顯、或含蓄地表現出自己的生活情趣和理想情懷。

劉應陞的詠物詩非常注重描摹物象的特徵，以借物抒懷的手法，將自己的遭際與内心的落寞寄託於物象，呈現出一種沉鬱頓挫的藝術風格，如《寺夜詠松風》《雨》《書堂新竹》《柳》《題牡丹》等。有《古琴》云：『牀頭焦尾琴，徽缺半黃金。美人高堂上，欲撫怨已深。不逢成連子，誰知滄海心。君看爨下材，能奏清廟音。』借用東漢蔡邕焦尾琴的典故，以美人不遇的深怨比喻自己懷才不遇的悵惘和失望。

劉應陛的詠史詩雖然存量不多，但非常有特色，體現如下：

一是題目當中注明歷史人物或歷史事蹟，直接表達自己的情志，如《明妃行》《班婕妤》《項王篇》等。其中《項王篇》言：『君不見項王拔劍江東起，八千子弟鋭無比。咸陽火照三月紅，鴻門宴前亡沛公。三千縞素已奪氣，夜半陰陵楚聲沸。當時氣懾十餘壁，垓下空悲萬人敵。江寒日暮愁風波，父老雖憐將奈何。虞兮帳下慘不語，千古英雄付兒女。』敘述西楚霸王項羽的故事，氣勢雄壯，風格悲涼。

二是詩句中恰當地運用歷史典故，借歷史人物與歷史故事間接地傳達自己的情懷，含蓄而有深意。如《江夏懷古四絶》：

紫髯東去霸圖空，鐵鎖沉江亦未工。十萬樓船争出峽，降旛空自怨西風。

鸚鵡西飛漢水清，誰教亂世獲高名。碑中黄絹緣何事，忍聽漁陽撾鼓聲。

運甓軍中老尚堪，曾令王導節猶慚。行人淚墮西門柳，幾樹婆娑種漢南。

開府當年據上游，月明清興在南樓。籌邊誰使郗城没，空逐西風入石頭。

劉應陛諳習舊史，這四首詩以六朝故事爲基礎，抒發了作者的歷史興亡之感。其中『紫髯東去霸圖空，鐵鎖沉江亦未工』，是寫孫權逝後東吴的敗亡。『鸚鵡西飛漢水清，誰教亂世獲高名』，是借漢末禰衡之事感歎亂世當中高才名士生存之艱難。『運甓軍中老尚堪，曾令王導莭猶慙』，借用東晉名相王導的故事抒懷。『開府當年據上游，月明清興在南樓』，是用庾亮典故抒發東晉衰亡之喟歎。

在古代詩人當中，劉應陛引述較多者爲謝靈運和李白。謝靈運愛好山水，常借美景遣懷，李白飲酒賦詩，瀟灑飄逸，詩情更加豪邁。劉應陛在描繪山光水色之時領悟到了謝康樂的苦悶，如《春雨柬家秀升兄》云：『康樂才難減，嗣宗禮獨疏。』又《秀升兄哀詞五首》：『池塘春草無人緑，佳句他時憶謝郎。』而當他懷才不遇、悲歌慷慨的時候，李白的豪壯放逸與他的心境又不謀而合。正如其詩《江上弔太白》言：『錦帆指黄鶴，一去竟千年。逐客樊山下，悲吟玉笛前。茫茫漢陽樹，寂寂石城煙。太息風流盡，空江獨扣舷。』悲慨之情溢於言表。清代楊淮《中州詩鈔》曾評價：『覲宸天才超邁，兼得山川菁鬱浩蕩之氣，故其爲詩，玉粹金和，上可以追蹤七子。』的確，劉詩記實景，述真情，富有風骨，放逸浩蕩。

除了詩歌之外，劉應陛的創作還有辭賦和散文。辭賦共七篇，包含述志、紀行、詠物等題材。

述志賦如《天驥呈材賦》，紀行賦如《南征賦》，詠物賦則有《春草賦》《荷花賦》《月泉賦》，《舊山賦》《閨恨賦》則以抒情爲主。從體式上看，他的辭賦多以詠物賦和抒情小賦爲主，借物抒情，述情言志。如在《天驥呈材賦》中，他一方面描寫良駿之材，『蓋其爲材也，英姿踔厲，神勇敢斷。倏飆疾而風發，忽奔騰而霧漫。略極西以羣空，奮逐北而軍冠』。另一方面，則寫出了騰驤之志不能達到的惆悵，『思一顧兮未能，悵千里兮安托』。借駿馬的遭際襯托自己懷才不遇的心情。而《舊山賦》的創作目的是爲了『閒居興懷』『兼抒鄙志』，其中『山濤之簿領難堪，子敬之人琴俱絶』『庾蘭成則悲愴勒銘，向子期則淒涼聞笛』，表達了劉應陛對友人的懷念，然則『鄙終南之捷徑，陋東山之棲託。皆達士之曠放，非聖賢之憂樂』，直接表明自己的志向，意蘊非常深刻。

劉應陛的文章共十四篇，包括碑跋、書記、頌贊等。較有代表性者爲《韓昌黎平淮西碑跋》和《曹公去思碑記》。前者讚揚了唐代韓愈平淮西碑，述史翔實，條分縷析，稱其『質而不繁，莊而得體』；後者則頌揚曹繩柱之德，讚賞他『不專事搏擊，務濟以寬民』的義舉，文風質樸，實事求是。劉應陛《送鍾郡守南歸序》一文記述了鍾郡守的斐然政績，表達了對這位清吏的崇仰尊敬之情。《賢山記》是以游記的方式記述賢首山之行，不僅描繪了『茂林脩竹，青葱陰翳』的秀美景色，而且抒發了自己與朋友相聚的快樂，即『列坐神息，澹乎忘歸』的欣然之情。值得注意的是，劉應陛《雜言二則》篇幅雖然不長，但論文尤精。他認爲樂府乃是古詩之遺，後人要遵從其聲正意質的特點，要以發展的眼光來看待樂府文學。因爲兩漢之後，樂府『亡（無）不繁而巧矣』。劉應陛深好古風，主張爲文之道在於『氣骨』，他提出：

氣者，文之輔也。骨者，文之主也。……先之者，骨也。行之者，氣也。是以骨振者，其言閎而肆；氣醇者，其旨清以遠。

劉氏認爲，骨乃是文章的主旨，氣乃是文章的輔助。優秀的作品要做到骨振氣醇，才能達到閎肆清遠的藝術效果，這些意見與鍾嶸《詩品》『風力』『丹采』説、劉勰《文心雕龍》『風骨説』頗爲一致。綜觀劉氏的作品，實際上他也踐行了這些文學理論思想。

在繼承漢魏六朝文學風格的同時，劉應陛的詩文呈現出質樸剛健、清遠遒麗之美。具體如下：

## （一）古雅

劉應陛研習古詩，詩風素雅，究其因，源自對漢魏六朝詩歌的學習。

首先，劉氏的樂府詩爲擬樂府，尤以五言樂府爲多。諸如《采蓮曲》《幽蘭引》《白紵舞歌二首》《古風四首》《子夜歌四首》《塘上行》《嗟哉行》《玉階怨二首》《烏夜啼》《江南曲》《西門行》《野田黃雀行》《苦熱行》等。

其次，劉氏直接化用樂府詩句及古詩名句，有效地吸收了漢魏六朝詩歌的營養。如《芳樹》《洛陽少年行》等詩。其《怨詩行》『我有一端綺，拂拭如霜雪』一句源自《古詩十九首》之《客從遠方來》。其《怨歌行》：『西方有高樓，上出青雲端……中有愁思婦，儀容一何閑。』仿效《古詩十九首》之《西北有高樓》。

再次，劉應陛的詩歌多用漢魏六朝時期的歷史典故，有時潛隱人名，有時間露其事，含蓄而委婉地表達自己的心聲。如《送人入蜀》：『爲問琴臺今在否，更無人似舊當壚。』使用司馬相如琴挑、卓文君當壚賣酒的典故。《樂寅下第感贈》：『畏鵩少年悲賈誼，聞雞中夜感劉琨。……我亦十年曾賦就，蹉跎猶負孔融恩。』連用三個典故，以賈誼之悲、劉琨之歎、孔融之贊來感歎與朋友之間的情感。另如《山寺春興》：『支公跨磵起精廬……陶潛彭澤元耽酒。』以東晉支道林和陶淵明作比，《秀升兄哀詞五首》：『少小雞窗日並肩，哀宗誰比士衡賢。……客路秋風更唱酬，登臨猶憶仲宣樓。』以陸機、王粲比喻兄長秀升。有些歷史人物多次被劉氏在詩中引用，如庾亮：

> 此時清興復不淺，庾亮南樓應可憐。（《寄題歸雁亭》）
>
> 元規太相汚，坐嘯爾何人。（《戲成小樂府四首》）
>
> 指點尚疑庾亮宅，權謀終恨呂蒙營。（《渡江》）

庾亮乃是東晉權臣，亦是中朝名士，坐嘯清風，神采俊朗。劉氏之詩多次用典，表現出對庾亮清興雅韻的嚮往。

正是由於漢魏六朝詩歌的浸染，劉應陛的詩歌被以清雅，將六朝人物與六朝風物的神韻，自然而然地在詩歌中呈現。讀來深刻含蓄，富有韻味。

## （二）清麗

劉應陛的創作不僅風格典雅，而且也有麗采紛呈、清遠豪邁的一面。尤其是一些山水詩的創作，清麗似『小謝』，精工雅致，頗爲動人。

劉應陛的詩既有登臨遠望的美景，又有内心真情的流露。尤其是山水景物的描寫，往往在静謐中突顯恬淡的風格，簡逸而清新。如《即目二絶》：

池館過微雨，幽篁散輕碧。一夜青苔生，不復見人跡。（其一）

緑蘋被芳洲，幽除雜紅藥。時見辛夷花，春風自開落。（其二）

此詩仿自王維，以動襯静，富有意境，呈現一種幽静之美。從藝術表現上來看，對偶整齊，聲韻和諧。又如《郭外》：『岸寒輕雨至，沙静白鷗來。』細讀如畫，别有意境。劉應陛在五律、七律的創作方面亦多有建樹，句式整齊、聲韻相調，如《送人還蜀》：『花飛野岍鶯聲合，潮落孤帆樹色迷。鳥道晴穿半天上，錦江春壓白雲西。』寫出了春江送别的美景，表達了與朋友間的依依惜别之情，對仗工整，注意錘煉字句。

## （三）風骨

劉應陛曾明確提出文學創作應當以『氣骨』爲主，尤其重視作品内容與形式的統一。他認爲，優秀的作品是以『骨』爲支撑，以『氣』來運行，唯其如此，才能達到理致周全的藝術效果。因此，他的文學創作明顯繼承了文學傳統，體現出反映現實、質樸剛健的『漢魏風骨』。

劉應陛注重反映現實生活，既有對社會的真實描寫，又有對人生真情的記述。針對當時的旱澇災害，他不僅以詩歌的形式揭示人民所經歷的苦難，而且還以辭賦、散文的形式加以披露，體現出鮮明的儒家關懷民生、濟世安民的思想特色。如《告咎文》描摹了旱炎日增、苗莠焦卷的災難現象，表達了他對『民命日蹙』的擔憂，『雖天地亢旱之常而告咎祈福義』。

劉應陛的創作可謂多種風格並存，清麗者有之，淡雅者有之，憤激者有之，簡淡者有之，綺艷者有之，疏闊者有之。清麗者前已述及，而豪放壯闊的作品亦存在，他時而以『大』『千』『萬』等詞語突顯情境的闊大，從而産生巨大的張力，如《送丁卓儀還豊城》：『大江千里月，孤客望何如。』《晚泊白家潭》：『一身千里遠，孤月五回明。』《得天谷河北書》：『三年風雨連牀夜，萬里江天落葉初。』《答桐淮武昌見寄》：『千峯樹色浮巴峽，八月江聲落楚邱。』時而又以『遠』『落』『破』『吼』等動詞來增强力度感，張揚開合，給人一種强大的衝擊。如《聞欒寅將至詩以招之時有讀書賢山之約》：『十年風雨聯床夜，萬里江湖破浪情。』《種松歌》：『精氣千年鳥獸形，寒濤一夜風雷吼。』風格多樣，善於變化。

## （四）悲涼

從《胎簪集》的編排來看，劉應陛的前期作品充盈着一種積極樂觀的情感基調，但後期作品，尤其是六卷之後的詩歌，側重於描述現實生活，體現出幾分酸楚和淒涼，如『淒』『悲』『憂』『傷』『愁』等詞語畢現，傳達出一抹低沉而悲涼的情感色彩。

後期的劉應陛描繪困厄窘迫的現實生活，常常披露心跡，如《憶涵山》：『天涯回首又殘春，憶爾蹉跎漸老身。萬頃煙波三畝宅，十年京洛一歸人。』又《十七夜對月懷涵山》：『梁苑十年淹客夢，楓江千里憶歸期。』他的內心一直很矛盾，一方面心念仕途功業，如《贈送靜持之福州五首》其四：『志士營功業，致身當及時。』另一方面苦於没有機遇，無奈選擇田居，如《寄郭永定》：『夙緬陶彭澤，宰茲山水清。』他曾經仿效『陶體』而作詩，以陶淵明的超然和淡泊來安慰自己，然而難以掩示的卻是內心深深的悵惘。這一點在劉應陛的贈答詩中多有顯現。他剖白心跡，表現出沉重的憂愁和失望，如《書懷贈梅江》：『即事述疇昔，端憂不能忘。』《春日雜感四首》：『對鏡攬元髮，壯齡誰復悲。及時不樹立，悠悠亦何期。』在《感舊贈樂寅二首》中，劉應陛不僅表現出傷春情懷，而且還以物喻人，道出自己懷才不遇的心結：『幽蘭被空谷，孤芳爲誰榮？』劉應陛後期常常病中吟唱，慷慨悲歌，这种憂憤令人倍感凄楚，如《冬夜聞梵因憶陳思魚山故事》：『竹檻明鐙擁病身，月華渺渺夜無塵。』又《梅江自五店寓書即行作此寄送》：『别酒豈傾多病日，扁舟誰繫暫時身。』這些詩是劉應陛現實生活的寫照，正因真實，才更加令人感動。

劉應陛的情緒有時在悲涼中起升，他勸慰自己，鼓勵自己，這種含淚的微笑更使他具有一種鮮明的個性魅力。他時常学习『李白式』的瀟灑，飲酒而忘憂，如《樂寅在吾適梅江至冒雨邀飲比歸竟夜矣》：『君不見青鱸纔香紫蟹膩，人生携手須快意。』《冬夜集閉郡博齋中戲爲長句》：『快飲直當三百杯，巧宦何須二千石。』在生活的困苦和磨難面前，劉應陛表現出的這種灑脱令人敬佩，如《山中久雨鄰人招飲比夜復還所居》：『床沾屋漏不得眠，窮谷深山感何極。男兒悠悠江海人，胡爲久卧山中身？』又《八月十四夜懷樂寅汴中秋試》：『男兒要當早致身，即今聖代無隱淪。鵾鵬會起圖南翼，騏驥終空冀北羣。』不落的是舊志，感喟的是現實。最終，曾經滿懷理想和期待的文人劉應陛在無盡的落寞中走向了生命的終點。

此次整理，以《清代詩文集彙編》所收清代乾隆三十七年（一七七二）刻本（十二卷）爲底本，與國家圖書館所藏清刻本《貽簪集》(十一卷)互校,文中異體字、通假字、避諱字徑直改正,不出校記。由於本人視野與學識所限,對於劉應陛作品的整理及其創作認識難免有粗略不足之處,敬請讀者指正。

目録

## 詩鈔卷二

## 詩鈔卷三

## 詩鈔卷四

## 詩鈔卷五

## 詩鈔卷六

## 詩鈔卷七

## 詩鈔卷八

## 詩鈔卷九

## 詩鈔卷十

## 雜著卷末

## 附録一　傳記



## 附録二　評論

# 劉胎簪詩序

梁園都會之區，四方賢士往來，余多與之游，信陽劉君覲辰尤久且故者也。余以丙子客汴，初與君交，君年甫二十二，胸次浩然，於古人之書無所不讀而尤篤好於詩，每有所作則人皆稱之。余以爲中州之詩自大復而後三百年来，其將有代興者乎？後各分散歸。余客成皐，君南游渡江，登黄鶴樓以自發其胸中之趣，不得相見者數載。至乙酉季夏，君以選貢將入太學來受業，未齋先生相聚處者累月，即以是科獲雋。明年入都，困不得志而歸。歸至鄭，訪余於家，余適他，往復以數詩見寄，又不得見者三載。今君將北上，枉道過汴，留連彌日，盡出近作讀之。及進而質之，未齋先生謂：『覲辰之詩其可傳也！』時君年三十有五，而兩人定交之久固已十有四年矣。余賦性愚拙，又少居窮鄉，於古人之詩未能悉心探討，然幸數載以來，聞師友之緒論，能粗辨其大畧，凡十餘年之間，所見君之詩每變而益精如此。今君入長安，歷燕趙故都，觀皇居之壯，與天下之士游，將有進而益上者，爲中州風雅之宗。區區一第之榮，固不足爲君望也。請以此送君之行而即以敘君之詩。乾隆己丑早春鄭州郭益埥書。

# 劉觀宸詩序

信陽劉君觀宸，豫之詩人也。自先君子以詩古文之學著於詞館，聲稱遠近四十有餘年，及退休於家而授學大梁書院，先後至者千人，君請業焉。余始識之而君未之言詩也。乙酉鄉試見君場中卷，余決其必售，固留之不使歸。比榜將發，則獨與之夜飲，君意若皇皇，而余飲益劇，視之若無事者，知君之技必售，而果售也。公車將北上，乃出其往日之詩，先君子見之曰：『生之詩與古深矣。異日，繼信陽何先生而起者必生也。』後余官農部，而君困於公車，每飲酒時，邀君與當時學士大夫如朱竹君、程漁門、姚姬傳諸人皆以詩文重於世，然君一出其詩，諸君子不暇相與言，即好飲者誦君之詩皆停盃，未嘗呼酒也。屢困而不售，余視之若有不釋於中者。及其歸也，年未四十而死，遇不遇命也。若其詩之所至，方日進而未之止，有古人之業而不使之終，豈不重可惜哉！君之卒也，先君猶在豫，接其遺書與藏稿，願得先生之言以爲序。時方東行裝將北上，迫遽中未暇爲之文，比至家而吾父即世。嗟乎！讀觀宸之詩，余何忍無言耶！

乾隆三十七年五月五日同學世弟昌平陳本忠頓首拜撰。

# 胎簪山人集紀畧

胎簪名應陛，號觀辰，墊江左尹劉公諱柄之孫，郡學生諱飛隴公之遺腹子也。其先世人文炳蔚，代有著述。最著者，若《北征草珂冷集》《懷新堂詩》，暨其族從兄《松園集》《天目集》並梓行於家。胎簪生尤穎異，妙丰神，能率母教。五六歲時，即崢嶸有丈夫志，七歲就外傳，不逾年，吟誦成章，州人咸奇之。十五應童子試，遂以文章冠郡首，爲諸生。越二年癸酉，學憲孫公試汝，甚奇其文，及晤，乃風流弱冠。因面試《竹外桃花三兩枝詩》一首，再試《池塘春草賦》《雜花生樹詩》二首，悉叶風雅，彌欣賞不置，擬諸蘭蕙圭璋。是年食餼，厥後嗜古益篤。凡漢魏以下及國朝諸名選詩賦，悉蒐覽妍媸，瞭若指掌，尤工八法，備諸家體。屢試輒冠，軍前觀察使曹公以國士遇之，吳太史雲巖公一見引爲詩文知己，唱和彌日不能去，既又從宮詹陳太史游學，益邃。歲乙酉，學憲盧撫憲阿並見優拔，以貢元中式經魁，一時讀其詩，慕其人者爭物色之。繼游京師，接跡名公卿間，見器重者甚不乏閲。丙戌、己丑，兩薦未售，歸，益矢志。取平生游歷感遇諸作，去靡存雅，力追先民，集若干卷，將以質諸大雅，希真鑑紹，前徽操願，固無涯也。乃越年庚寅病卒，子幼屬纊之日，出篋笥，囑諸同學爲編校付梓。今集成，存詩賦什之五，而雜著如書序碑誄之類皆已散失，不可輯，僅録其存者數則，以見吉光片羽，愛莫能割焉。樸等披卷，既惜之，又深念北地信陽而後茲其嗣響者。謹敘其畧，以冀當代先達，不吝金玉跋序篇首，庶益借以不朽云旹。

乾隆壬辰十月中澣同學　張大同　何　樸　郭燕翼　并紀於清映書堂

# 賦鈔卷首

## 天驥呈材賦 以五花散作雲滿身爲韻

維皇駟之曜靈，司天家之鹵薄。德剛健以比乾，象離明而位午。育神駿於月氏，追良御於造父。馳奔虎而奮發，窮飛駮而拗怒。靡羈勒兮雙銜，呈權奇兮兩輔。拳毛動兮秋風，苜蓿飼兮春雨。固本樂以爲御，寔超力而耀武。是以黃金之市，駿骨必千；而素絲之組，良馬以五也。爾其星瞳炯日，天骨呈葩。氣驤神厩，光熊渥洼。罵中威稜，元蹄迥遮。聳八尺目開張，羌赭白其紛挐。映連錢而歕玉，欝奇采以蒸霞。駭喑呼而揚鬣，殷汗血而輕撾。或錫名以白鼻，亦比色於桃花。蓋其爲材也，英姿踔厲，神勇敢斷。倏飈疾而風發，忽奔騰而霧漫。略極西以羣空，奮逐北而軍冠。美歌謡於太乙，恥凋喪於韓幹。笑款段之駑駘，豈庸材之樗散。方其伏櫪徒鳴，冀羣未索。孰寶韉兮颯爽，孰金鞭兮揮霍。思一顧兮未能，悵千里兮安托。馳寒原兮渺渺，嘶塞煙兮漠漠。憶漢史之見收，侔魯頌於思作。維皇極之有逮，廣搜羅於舊聞。馳驟兮風雅，游騁兮典墳。賦盤遊而慮朽索，聽祈招而採南薰。錫帝軒之服皂，膺圖籙於赤文。執六轡以沃若，揚翠葉而氤氳。壯虎衛於七戎，被鎏纘於六軍。利天下以攸往，覩萬物而方欣。考太僕以蕃息，趨苑馬之如雲。旹則御厩晨開，沙堤草短。飈連蜷之翠旍，暴陸離之雲罕。肅天仗目蕭蕭，出天閑而侃侃。伊和鸞之在御，臨曲江而載瀚。絡方籠而駿發，乘欲超而和緩。美駟鐵而既閑，維馴致以中款。睨影迴而鴻驚，踠跡迴而雹散。類游龍之蜿蜒，方馴象而晏衎。駕徠牝兮衛文，鄙八駿兮周滿。故其驤雲路以獨步，賞驪黄之有真。餗以玉山之禾，敷以錦繡之茵。餙華厩以丹雘，臨御榻而横陳。顧霜蹄之可期，寔龍媒之殊倫。邀英眄於伯樂，遂剪拂於圉人。彌珍騰驤之志，試看騕褭之身。

## 南征賦

天谷子之游吴越也，比一歲歸，述其勝於予曰：劉子其贈予篇，遂序次其言，作《南征賦》，其詞曰：

『夫何佳人之逍遥兮，悲時序之晼晚。澮玄漠之休德兮，神穆穆其寢遠。超塵埃而層舉兮，羌胡爲其偃蹇。躡松喬之清塵兮，合蓬壺之雲巘。紛玉鸞以上征兮，旌容與其蜿蜒。忽返顧以游目兮，發五蓋以遠遯。届强圉之在歲兮，律夾鐘之初吉。踐遠遊之文履兮，長鋏曄其耀日。召馮夷使先導兮，駕六龍以偕逝。江瀠洄而静波兮，水鷁軒而爲衛。路曼曼其邈遠兮，恐屏翳之我欺。徐弭節而御風兮，爰南征以爲期。朝發軔於大别兮，夕戒舟於漢濱。望芳洲之蘭芷兮，悲禰衡之不辰。江流日夜其奔駛兮，何人生之長勤。感今古之代謝兮，涕浪浪其霑巾。既克濟於彭澤兮，遥泊舟於潯陽。鼓赤岸之洪濤兮，決鶩波於柴桑。廬峰倏其明滅兮，散嵐氣於空蒼。白雲蓊其盤亘兮，指吴會於淼茫。弔夫差之霸跡兮，臨姑蘇之高臺。荆榛莽其被塗兮，想羅綺之飛灰。嗟鴟夷之沈冤兮，越甲俄其東來。緬江山之殊麗兮，亦何事以增哀。瞻京口之鉅鎮兮，爲南朝之要害。連艫舳於千里兮，揚虹蜺之飛旆。比下邳之弭戈兮，誓白馬其安在。倚天塹以北顧兮，寔維揚之襟帶。峙金焦之青翠兮，江横練以爲界。雲水混其相接兮，極元氣之無外。登高邱以望海兮，辨天地於茫昧。天吴驕而震迅兮，忽神奔而鬼恠。匝坤軸而不洩兮，固斯理之可會。遥睇天目之聳秀兮，勢盤折於臨安。維龍躍而鳳翥兮，紛南北以鈎連。湖鏡湛其無波兮，照兩峰之便娟。氣氛氲以成碧兮，朝夕倏其改觀。蘭枻蹇其夷猶兮，奏促柱與鳴琯。美要眇以拾翠兮，揚孔蓋之翩反。矚桂館之衺延兮，步層折之朱軒。高低忽其冥迷兮，羌星羅而雲屯。江奔崩其盪目兮，連地勢於海門。佳氣欝其蒼蒼兮，難想像於語言。嗟世途之迫阸兮，幸歲時之未衰。倘琅風之可期兮，吾將舍瀛洲而安之。思營營以達曙兮，終阻山而帶河。慕向平之高蹈兮，企騁鶩於雲車。隨夫君於天壇兮，滉縹渺之紫霞。操柔翰以遠攬兮，寄遥情於八遐。」

## 春草賦

試彌望兮平原，眇一碧兮無垠。始茸茸兮舒甲，旋萋萋兮滋蕃。葳蕤兮絳藾委，芊緜兮綵翠翻。藹東陽而發育，播西裔而託根。天妍和兮净綠，春澹沲兮輕暾。望帝子於南浦，愁公子於西園。攬綺色之如剪，信芳馨之可援。美要眇以拾翠，極春蕪而傷魂。若迺霏煙冥雨，輕縈微散。映落英之繽紛，颺麴塵而凌亂。王孫遊兮不歸，美人怨兮腸斷。青連塞北之臺，綠染江南之岸。忽蛺蝶兮翻飛，遠萋迷兮湖畔。方其冒玉蒻，散碧晼。華池夕兮露泫，瑶塘閴兮霧淺。共青袍兮一色，悵綠波兮欲晚。柳旖旎而相鮮，蘋演漾兮俱遠。猗豊茂兮鮮美，緣長堤兮被修苑。眷春芳兮未歇，增羈懷之繾綣。游絲兮横路，夕景兮駐樹。漠漠兮金谷，平離離兮銅駝。暮登樓兮極目，羌發榮兮如故。感池上兮抒吟，傷春心兮成賦。嗟乎哉！荃兮難化，蘭兮豈伍。見雜卉之蕪没，兹一感於芳序。愁空山兮獨立，紛蕙帶兮容與乎中渚。重曰：『春風起兮春艸生，碧澐澐兮春水平。江之濆兮漢之曲，欲采之兮難爲情。』

## 荷花賦

猗兹蓮之叢生兮，冒清渠而扶綏。耀丹葩之暐曄兮，莖婀娜而承蕤。接綺疏以交翠兮，委微吹於曲池。羌摇曳而靡定兮，艷窈窕而多姿。爾其紺房兮湘葯，青跗兮絳蘤。值洞庭兮紫波，復瀟湘兮緑水。文魚逐兮江蘋，翠羽飛兮蘭沚。渺碧空兮一色，絢絳氣兮千里。枝出水以上擢，葩競秀而連理。襲芳馨其自遠，殫族類其可擬。蓋其狀也，近兮如星屯，遠兮若綵纈。煒煌兮如晴波之泛朝霞，髣髴兮似鮮雲之流華月。瓌姿艷冶，忽卷忽舒，柔情穠郁，匪纖匪腴。凌蘅薄以微步兮，飄宓妃之霞裾。菲幽蘭之芳藹兮，蔭桂旗於山隅。珥翡翠以爲珮兮，綴明珠以耀軀。意態翩其美曼兮，媚清漪以自娱。乃有西園公子，東都妙姬，御輕縠兮襲芳澤，垂纖帶兮長袖施，裊亭亭兮既含睇，紛冉冉兮招商飈。操木蘭兮畫舸，采芙蓉兮夕陂。頋艷色其與匹，遂桂棹之屢移。於是擢皓腕，拂雲和。香風起，月沈波。揚淥水，流纖歌。歌曰：翳花房兮芰爲衣，江花玉貌交相輝。淼瑶塘兮露下，竚眇眇兮横長碕。清歌宛轉兮欲罷，折玉蕤兮澹忘歸。

## 舊山賦

往僕讀書賢首山寺，中間十載。今惟張子樂寅偕焉，閒居興懷，追念曩遊，兼抒鄙志，遂撰斯賦。

方夾鍾之届律，藹清霽之嘉晨。緬匡廬之高寄，遵天台之舊津。眷景光於下帷，伊兹事之可珍。佩若蓀而擷荃，羅珊網而剖珉。汲脩綆於靈區，郭狂瀾於先民。探驪龍之頷珠，騰干莫於青旻。列洞穴之厜㕒，表石梁之嶙峋。庶往跡之可踐，信余懷之能振。爾其分條太乙，孕靈昭稽。亘青沈紺，蒸霞截霓。黄峴白雁，紆南盤西。巑岏谽谺，陰窅冥迷。川耀蠙珠之彩，關封冥阸之泥。匝故郢之地維，鈎鑿峴之天梯。蜿蜒秀列，背郭枕瀨。朝爽横髻，夕采沉黛。折屏風而錦張，浮青螺而鏡對。倏繚白而凝紫，乃吐沉而納瀣。鬱葱佳哉千秋，萬態時則汀煙。一碧山翠，半銷幽厓。射虹朱，垠冠翹。鵁鶄充乎蘭沼，竹箭媲乎沃焦。松輪囷以結蓋，霞蔚起以建標。射干茸以被塗，葛藟糾以縈條。蔭桂旗以先導，羌踟躕於山林。至若白雲逢逢，一西一東。裊蘿觸石，霏澗翳空。渾溟濛於一氣，結氛氳於千重。界金碧以蠕動，殷激湍以撞舂。忽劃青以成圍，若將舒而御風。渺蓬壺之飛嶠，維蕭梁之故踪。霽曙景以陟巘，衮明滅之九宴。覽風景以抗懷，感遊歷之夙悰。當其晏息竹林之下，騁遊徂徠之澤。踐芳蘅之馥郁，倚采旄以齊適。或蟄巾而容與，或屬匏而狼藉。忘機則濠上之魚，列座則荆州之鯽。嗣是風流雲散，桂摧蘭折。山濤之簿領難堪，子敬之人琴俱絶。登山之淚盈把，渡江之楫誰擊。猿啾啾以助哀，雲黯黯而忽冪。庾蘭成則悲愴勒銘，向子期則凄凉聞笛。於是背下陵，步崇岡。驂兩螭以偕逝，駕文鸞以迴翔。佩茝搴茗，伏檻坐堂。美繡叚以耀軀，間木難以飾璫。散緗帙之彫文，施縹緑之雜章。羌靈脩之嫮美，曰餘情其樂康。若迺嘯聆鸞鳳，文移猿鸐。憔悴江潯之吟，搜抉鈷鉧之作。鄙終南之捷徑，陋東山之棲託。皆達士之曠放，非聖賢之憂樂。是用援古昔以增慕，感存歿而横泗。雖無向平之蹈，竊比子長之義。撫髀肉以生歎，聞荒雞而不寐。夜耿耿以達曙，時冉冉其將至。信利濟之可期，爰從容而攬轡。

## 閨恨賦

粤稽彼美，傷心金屋。藻扃璇淵，袿裳羅縠。薰歇響絶，壇荒蔓覆。千古紅顔，同聲一哭。若乃梨花春雨，芳草新年。瓊筵琴羽，繡軸朱軒。二十四橋之夜月，三十六宫之曉煙。曳明璫以徐步，馳五色以并妍。玉貌絳唇，蕙質雲鬟。搴紅蕤兮蘭畹，蕩緑波兮綺船。吹折柳之妙曲，揚離凰之繁絃。横玉柱而霑袂，掩金觴而自憐。爾其秋氣蕭騷，梧桐深院。霞彩如綺，素月如練。惟白露兮下時，值青楸兮忽變。金谷則黼帳含香，錦曲則鵾弦空斷。東牆之宋玉難逢，西洛之陳思不見。懷上春之綺羅，望雙星於河漢。蘭室閴兮金鋪，寶釵分兮玉燕。情菀結以不舒，夜虚耿以永歎。至於離歌數疊，南浦魂傷。臨煙波兮渺渺，望暮山兮蒼蒼。我之懷矣，魚雁音絶。子之往矣，江山路長。織錦曲兮淚已盡，蘢沙磧兮悲難忘。感孤鸞之莫匹，惜瑶草之徒芳。列有望仙高樓，披香别殿。賦買長門，心迴月觀。甄妃之詠瑶塘，班姬之愁紈扇。悲遺玩於爵馬，惜香塵於華薦。紫玉裊兮煙飛，碧蕭凄兮雨散。想同輦之愉樂，欻離宫之悽怨。蓋在此宫者不止三十六年，而入此門者又不知其幾千萬也。亂曰：『風凄凄兮夜月寒，歌臺滅兮羅綺殘。玉鈎斜兮落花，歷千齡兮憂曼曼。』

## 月泉賦

緬鑿峴之靈閟兮，結丹構而霞棲。石門紆其厜㕒兮，洑流注而爲谿。予杳不知其所涘兮，羌篠蒙而蘿翳。水石激而潺湲兮，晝陰森而氣凄。乃有廬阜緇流，蘭佩芰製。委蛇兮山椒，搴援兮叢桂。顧清湍之獨瀉，印元門而微契。爰疏爰鑿，乃營乃薙。疊雲根兮谽谺，曳風篁兮飉飉。障之以白雲，繚之以青荔。始珠跳而雪濺，旋雨冥而霧洩。藺獨立兮相羊，浥靈泉而暫憩。若乃圓靈方皎，清瀣既滋。混空明兮一碧，漾輕飈而成漪。披晃耀之金屑，鑑澄泓之玻璃。如出海兮始弦，若銜山兮半規。雖一勺之微渺兮，固蹄涔之不可知。猗僻壤之含媚兮，維鄠杜之所期。至於陰霧彌朝，積霖屆夕，驚雷殷其割空，軍聲倏其騰驀。寫赤霞而下界，横青蓮而中擘。濛空谷而吞吐，舂危石而辟易。觀習坎之汹沸，寔萬頃之所宅。嗟乎！在山者清，盈潦者涸。愧塵纓之難濯，願遊鱗而相樂。導霅溪之甘洌，美遠公之疏瀹。映垂蔦之緑净，媚脩竹之姌嫋。戛迴瀨以清泠，適神息而澹泊。彼鈷鉧兮既幽深而索寞，玉津兮亦池平而蕭蘀。竆乳竇而歷攬兮，乃騁游之所託。茶煙裊而聲沸兮，漱芳潤而就酌。藤蒙密而陰蔭兮，浸虛明而纏絡。撫孤松以盤桓兮，遂解衣而磅礴。

# 詩鈔卷一

## 穀日 癸酉

淑景開芳晝，幽居謝衆喧。人間惟散帙，客至即移樽。曲徑通花氣，方塘上水痕。風光有如此，不異瀼西邨。

## 送人入蜀二首

峽口春深行客悲，瞿唐風落布帆遲。巫峰十二將明月，兩岸猿啼是去時。

錦官城外蜀江孤，花落叢祠聽鷓鴣。爲問琴臺今在否，更無人似舊當壚。

## 無題

誰家思婦鬱金堂，愁倚薰籠白玉牀。錦瑟欲調冰作柱，珠簾半卷夜來霜。梧桐葉落鳴機冷，菡萏花殘聽漏長。欲寄幽情向明月，桂宮高鎖露蒼蒼。

## 送丁卓儀還豊城

秋色滿匡廬，憐君返棹初。大江千里月，孤客望何如。身老依人裏，家貧賣賦餘。相思看劍氣，應接斗牛墟。

## 芳樹

芳樹離離，其葉莫莫。子之往兮，以濡霜露。一解。
人生如寄，去日苦多。別易會難，傷如之何。二解。
悠悠明月，白雲間之。我思美人，恐不我知。三解。
肅彼北風，於彼中林。無爲歲寒，内負夙心。四解。

## 宫怨

梧桐葉盡漏聲多，院鎖西風歛翠蛾。三十六宫空夜月，背人無語拭雲和。

## 神絃

紅絃裊雲海氣白，脂花墮香溼蘭雪。瑶姬海綃亂春碧，戲撚珊瑚踏明月。晶屏隔花泠光射，鳳曲半沈龍管澀。玉壇無人桂旗冷，別浦輕煙弄釵影。神兮含睇良夜徂，金燈翠盖光有無。

## 白雪曲二首

美人竹間亭，石闌獨朝往。不見碧苔痕，一夜瑶草長。

流霰含雲落，春寒入綺羅。只疑玉階上，風起落花多。

## 秋風詞

秋風肅肅草木衰，浩煙波兮臨河湄。霜露夜下霑人衣，時易邁兮令心悲。玉凫金璫鳴素秋，曳明月兮載翠斿。擊桂楫兮青翰舟，思佳人兮徒離憂。

## 夜宿石潭

沿溪踰石瀨，夕霽倦歷覽。披雲息徒駕，遂宿溪上舘。風泉夜聲雜，月林宵光滿。龍宫忽光恠，憑夷耀雲旱。洞天横空緑，石扇訇蕚巘。冥觀鷔營魂，欻覺萬緣斷。芳醑幸長伐，偃仰恣縱誕。

## 閨情甲戌

鳳曲初停錦瑟涼，流蘇帳冷減容光。含情獨倚梨花月，燕子樓空春恨長。

## 宫怨

春草長門緑，君王御輦稀。愛從新寵奪，恩較舊時微。明月留歌扇，行雲夢舞衣。年年玉階上，空見燕雙飛。

## 春詞

横江花落水平隄，江上高樓緑樹齊。夢裏不知春已去，窓前殘月子規啼。

## 怨詩行

我有一端綺，拂拭如霜雪。上織合歡花，當窓耀明月。裁爲雙中衣，將以貽所思。别離日以久，常恐衣帶綏。衣帶有常度，路遠多然疑。長願隨涼風，出入君羅帷。芳馨留笥篋，素腕時因依。

歲久倘棄捐，中情或徘徊。

## 洛陽少年行

洛陽三月亂飛花，城中少年白鼻騧。相逢蹀躞向何處，笑隔垂楊問酒家。

## 崑原堂

石瀨迴清溪，踈鐘度林樾。山中雲氣生，一夜虛窗白。

## 七夕篇

天街雙闕迴，閣道七襄羅。商飈催玉露，素節動銀河。銀河耿耿萬餘里，凉空霧落秋如水。蘭寢紆迴别苑開，瑶臺隱見中天起。瑶臺蘭寢路逶迤，浩淼煙波望不迷。天榆歷歷光初皎，月桂陰陰影乍低。榆光桂影連雲渚，魚鑰沉沉動天宇。鳳軫初懸翡翠屏，星橋遥接鴛鴦浦。浦前綺樹隔簾櫳，一水盈盈案户通。靈妃鼓瑟哀清夜，神女吹簫悵碧空。簫停瑟寂寒宵永，珊瑚海色流千頃。鳳鳥初傳王母車，龍梭半織天孫錦。只分流黄機杼悲，那禁翠帳芙蓉冷。芙蓉帳冷隔經秋，瓊珮雲裳綰别愁。此時瑶管音將合，此時鵲駕影初浮。靈光乍近停龍轡，景曜平分贈錦裯。從來天上多離恨，莫怪人間有悲怨。菡萏花開長信宮，梧桐葉落朝陽殿。秦女樓高卷畫衣，班姬夜迥悲紈扇。可憐寶鏡彩鸞孤，可憐金屋流螢亂。蓮花漏轉玉階凉，趙舞燕歌此夕長。九光燈徹迎仙宴，百子池間鬬巧妝。燈前池上陳瓜果，朱甍綺構葳蕤鎖。只見紅鑃畫扇廻，那知皓魄煙空墮。別有深閨窈窕年，秋來幽恨上眉邊。凄迷寶瑟空幃裏，宛轉銀屏夜月前。鳳皇樓上瑶笙斷，蟋蟀堂中玉筯懸。空持翠袖擎孤簟，空持繡被貼雙鴛。東家麗女競新巧，年年香粉筵前禱。綵線頻添漏轉催，元鍼漫撚天初曉。迢迢雲路七香飛，冉冉星河百枝繞。星河雲路共沉輝，鶴駕霓旌此際歸。顧將秋帳合歡錦，遥寄天津石上機。

## 怨歌行

西方有高樓，上出青雲端。層軒結綺疏，華燈夕未安。中有愁思婦，儀容一何閑。徘徊理襟帶，幽意誰爲宣。粲粲桃李姿，未若桂與蘭。人皆悦新寵，君豈戀故歡。新寵倘中絶，故歡難中還。終此顧盼恩，頭白不相捐。

## 春雨柬家秀升兄 乙亥

夜雨清池舘，晨窓俯舊渠。柳深三畆宅，人卧半牀書。康樂才難减，嗣宗禮獨踈。東風春草色，入夢定何如。

## 艷曲三首

蘭室倚重樓，儂家字莫愁。憶郎春艸緑，日日向西洲。

十五嬋娟女，妝成映花立。花間雙蛺蝶，相憐轉相忌。

共郎花下嬉，别後花如霰。願逐落花飛，隨風點郎面。

## 催妝詞二首

紫簫雙引畫屏開，羅襪仙裳冉冉來。知是雲英新卻扇，一枝春色出天台。

香沉寶鴨篆煙斜，黛色分明隔絳紗。底用更憑銀燭照，月光如水到梅花。

## 答秀兄應山見訊丙子

百里關南路，春山望不迷。别來纔柳色，書到已鶯啼。夢草添新詠，看雲檢舊題。遥憐修禊地，不共玉壺攜。

## 閨情

海棠嬌軃傍簾垂，小閣春慵睡起遲。閑倚繡床添黛色，擘箋纔罷畫眉時。

## 採蓮曲

東家女兒傍湘渚，妖艷只可十四五。纖羅宛轉長袖施，紅妝皓腕映漣漪。木蘭之枻紛屢移，紺房緗菂偃參差。鴛鴦雙飛下煙浦，美人隔花嬌不語。岸柳風輕暮何處，鳴橈忽向花邊去。

## 汴中書家信後

千里梁園客，家書累月稀。慈親身漸老，游子夢頻歸。何日霑微禄，當筵着舞衣。殷勤語新婦，時爲慰重闈。

## 晚泊白家潭

晚就潭煙宿，扁舟繫客情。一身千里遠，孤月五囬明。隔葦風燈亂，依沙石瀨鳴。故鄉渺何處，南望楚雲平。

## 閨情二絶

郎去楝花開，郎歸井梧急。欲出復含嬌，新妝背人立。
送郎攜玉手，解贈慰相思。寧知臂上釧，亦有合歡時。

## 新店即目

返景照厓東，人家暮色中。白沙喧亂水，朱橘映寒叢。采藥邀禪侶，開尊對野翁。只疑若耶畔，歸路信樵風。

## 白雲謡

西陵兮悠悠，縹緲兮崑邱。連卷兮翠斿，羌美人兮淹留。華燈錯兮瓊樓，羅薦進兮紛相繆。促柱兮鳴瑲，西陵兮日晚。含睇兮白雲，翠華兮空返。

## 聞雁

鳴雁何時至，高樓聽轉傷。月中離塞曲，雪裏望衡陽。漸起隨寒影，相呼畏斷行。因憐稻粱侶，中夜亦南翔。

## 得天谷河北書

天涯近得故人書，久客逢秋賦索居。我已放歌梁苑月，君今空憶武昌魚。三年風雨連牀夜，萬里江天落葉初。聞道故園蓴正美，扁舟乘興定何如。

## 贈吴雲巖先生歸自湖南

江漢風流地，掄才重使星。漢廷高射策，楚岸遠揚舲。倒日湖光白，盤天嶽色青。赤霄還北極，秋望五雲停。

## 宿莘輔姪山莊因語雲隱之勝

阿咸昔游雲隱峰，閉門明月半庭松。石潭瀑布垂千尺，醉踏煙波乘白龍。

## 楊涵山八分歌

龍書鳥跡不可見，世人墨本徒争羡。史籀書勢傳頗異，石鼓銅棺復誰辨。中間字體何紛紜，前有二篆後八分。苦縣光和競詰曲，古畫絡繹垂棼緼。檇李高士摹搨真，傾囊倒篋羅貞珉。六書蜿蜒各鍼列，八分精勁稱通神。龍虎奮怒勢盤踞，筋骨屈强迴千鈞。珊瑚碧樹宛相向，縱横變化空紛綸。觀經太學已不少，近時書藝無其倫。我生博覽愛金錯，見此韜翰留相珍。憑軒縹緲雲氣出，咫尺排宕開嶙峋。古文蝌蚪信煩重，力肆簡樸推先秦。君不見岣嶁之山神禹碑，苔昏石扑惜者誰。每夜精靈發光怪，飛電繞壁騰蛟螭。君之墨妙真莫窺，鸞飄鳳翥相攀追。

## 經震雷山憶李氏亭

震雷山頭石巃嵸，仄蹬藤蘿青萬重。猶憶深秋携屐處，石橋流水一株松。

## 幽蘭引

蘭生兮山之阿，蔭松柏兮帶女蘿。其知者傷我孔多，不知者遑恤其他。吁嗟蘭兮當奈何！

## 春詞寄畢梅江二首

惆悵風塵此隔年，五湖南望水如煙。紫姑賽罷張燈夕，何處逢春不可憐。

皂莢橋南沙月明，鸕鶿洲上晚潮生。遥知杜牧揚州思，腸斷寒江玉笛聲。（按：原作『楊』，改爲

『揚』。）

## 得天谷安陸消息并聞浮舟襄陽二首

憶爾浮江漢，洪濤沂上流。月明楚天樹，客夢木蘭舟。曾倚三更笛，相思何處樓。習家池更好，風景爲淹留。

峴首悲前代，登臨憶孟公。鹿門翻落照，漢水下長空。邑本桓谿阻，人多耆舊風。此行饒勝槩，兼得慰飄蓬。

## 小寒食西郵作郤憶秀兄

寒食孤村路，微風野岸花。行吟望春水，夜雨宿山家。雲氣浮高樹，灘聲落遠沙。相思芳草外，囬首即天涯。

## 雨望堅山

見説西峰寺，雲盤定幾重。崖懸天半雨，雷拔殿前松。僧定來馴鹿，潭空制毒龍。遥遥望難即，煙際但聞鐘。

## 西村雨中張樂寅見示寄懷秀兄之作次韻並寄

見汝懷人作，翻今別感生。花時坐山館，細雨逼清明。鶯囀當簷樹，沙喧昨夜聲。所遲愁不見，延望獨含情。

## 登堅山寺二首

峭壁何年寺，門臨絕頂開。白雲蒸巨壑，折澗走春雷。諸客青天上，千峰暮色來。更傳仙洞口，尚有讀書臺。寺有大復先生書堂舊址。

古寺來遊日，經行路不迷。牕中淮樹小，檻外楚天低。況復故人至，相邀暮嶺西。泉聲三十曲，送我到花溪。

## 戲題海棠二絕句

二月海棠開滿枝，絳綃曾記寫徐熙。東風鎮日無人處，簾外輕陰一樹垂。

紅艷經春帶雨垂，沉香亭北最相思。夜來睡起嬌無力，卻似當年解笑時。

## 憶涵山

天涯回首又殘春，憶爾蹉跎漸老身。萬頃煙波三畝宅，十年京洛一歸人。東風幾處愁紅藥，南浦相思滿緑蘋。聞道閉門多賦草，栖遲應笑子雲貧。

## 即目二絶

池館過微雨，幽篁散輕碧。一夜青苔生，不復見人跡。

緑蘋被芳洲，幽除雜紅藥。時見辛夷花，春風自開落。

## 懷西山寄僧燈録

憶别西巖禪誦地，翠微樓閣一僧居。隔林鐘磬時聞響，繞磵松苓晝自鋤。絶壑溪聲當户轉，白雲樹色入窓虚。秋來預借談經處，擬向山中獨著書。

## 偶作

吾慕漢陰叟，抱甕行空林。一遇種松者，樵歌深復深。

## 懷孫巨波之嵩山

與君舊有嵩邱約，二室煙霞入夢勞。秋雨梁園憶司馬，春天神岳待盧敖。雲邊樹色三花秀，峽裏灘聲八節高。何日龍潭同卜宅，閒看瀑布向東皐。

## 壽徐杉泉表叔五十

申酅介萬山，相去僅百里。爲是媚婭多，歲時供行李。先生清門彦，世好重桑梓。少年欝奇氣，豪宕殊自喜。鴻詞一揮就，藝苑執牛耳。寄情北海尊，解紛聊城矢。未肯蓬蒿居，歷覽追太史。北眺黃金臺，行歌向燕市。名流競投縞，先達輒倒屣。市駿冀一遇，抱璞古有此。一歸靈峰下，著書松雲裏。憶昔梁王園，授簡得數子。聯床夜起舞，痛飲澆塊壘。舊游今十年，流光倏如駛。華髮雖種種，騰驤氣猶爾。荏苒兹歲晏，題緘寄雙鯉。寒城皎霜月，檢花照溪水。欲泛山陰船，壺觴載清酏。

# 詩鈔卷二

## 首春南園作丁丑

初景覽澄霽，芳林靄餘清。連峰抗高舘，曲流帶層城。下帷志安逮，灌園力交營。緑水春始波，紫藭路漸榮。潛虯奮陰壑，時禽變春聲。懷新恐節逝，進德戒處盈。邱樊守虛寂，素履慙幽貞。蘭皐信延佇，觴詠陶孤情。謝生感飛鴻，楚客吟芳蘅。物候足可娱，偃仰依柴荆。

## 得天谷吴下書并望廬山諸作知其復有入越之舉二首

近得吴淞江上書，故人曾記在匡廬。峰迴九疊連雲轉，瀑落青天接斗虛。一笑遠公知未得，孤舟李白興何如。石壇花落無人處，便欲從君詠卜居。

憶别孤城魂黯然，十年舊夢越江邊。曾將赤玉安期杖，不似黄金范蠡船。春入石帆晴亦雨，月明震澤水如天。知君此際堪乘興，郤爲名山入剡川。

## 雨過

昨夜山城雨，微凉何處生。窓前桐葉落，不辨是秋聲。

## 納凉憶李耘書

晚凉乘水榭，踈雨過高城。松月夜初上，池花香暗生。樓臺横漢影，砧杵起秋聲。忽憶梁園客，凄其此夕情。

## 宿新店

紆廻雲蹬曲盤空，秋盡寒溪正落楓。底事夜來眠不得，四山寒雨亂流中。

## 白紵舞歌二首

陽春爛熳白日光，吴娥華裾摇明璫。纖歌宛轉羅袖揚，矯若游龍鵠迴翔。將凝將引繞鳳梁，趨步流睞意何長。瓊筵日夕繁炬張，徐起上壽殊未央。

輕紈如銀輝雪霜，裁爲舞衣春風香。絳檠列火照象牀，珠纓瑶裾森兩行。起舞眄睞生輝光，齊歌窈窕清且揚。繁絃急管聲相當，明星漸高樂莫忘。

## 寄題白雲寺二絶句

迢遰翠微寺，何處微鐘起。時有山泉來，聲落白雲裏。

秋夕山氣佳，曲磵瀉寒碧。白雲寂無人，唯見麏麚跡。

## 十七夜對月懷涵山

吹笛秋城響易悲，殘燈獨坐雁來時。風前砧杵迎寒早，樹裏樓臺上月遲。梁苑十年淹客夢，楓江千里憶歸期。草元頭白多應就，郤愧桓譚是故知。

## 薄暮

薄暮柴門外，清秋野望閒。溪聲寒近郭，雲氣遠浮山。重以莊生樂，因懷濠濮間。西巖多桂樹，惆悵不能攀。

## 湘水行送郭桐淮表叔宰湖南

君不見洞庭水，南下蒼梧幾千里。紫蓋峰盤接天上，朱鳥星躔羅地底。桂陽南紀窮炎荒，沅灕曲注經其旁。松杉四時蠻霧暗，芙蓉九疊雲錦張。章華臺館今已矣，湖煙汀月空青蒼。屈平行吟有遺跡，九歌哀怨留瀟湘。君今盛年宰江縣，鳧鳥雙飛出燕甸。政術無庸矜繭絲，風流且自行江漢。龐統原非百里才，賈生豈作長沙歎。長沙秋高生夕波，江寒落日翻蛟鼉。人生聚散等萍梗，撫今感昔情何多！我歌湘水行，送君洞庭去。采蘭湘潭陰，揚帆楚天樹。楚樹蕭蕭落木紛，洞庭明月吊湘君。岳陽遥夜聞吹笛，迴首千峰盡白雲。

## 古風四首

蘭若生幽谷，朱蕤冒青陽。盈盈泫清露，煒煒垂華光。游女采相佩，垂愛反見傷。自非松柏姿，曷能守其常。

昔余臨蓬池，振衣黄華巔。靈曜隱方寸，元居造青天。側聞河上公，騎鹿凌紫煙。飄颻戲靈岳，玉篋授瑶編。清塵渺難躡，丹砂亦空筌。俯視洪波流，龍駕不可搴。

九衢多甲第，峩峩勢凌虚。珥貂藉舊業，雲構起新區。聯鑣接冠蓋，繁吹闐笙竽。朝筵羅妙舞，夕户結網蛛。榮華有凋謝，視之恒泊如。
秦家有羅敷，少小被齊紈。明璫飾玉體，令顔誰不觀。使君東方來，白馬出天閑。千金不囬顧，
儀容一何閒。猗猗采桑陌，去去從所安。

## 答桐淮武昌見寄

送君獨上木蘭舟，聞道仍登黄鶴樓。李白禰衡俱往事，汀洲花草揔堪愁。千峰樹色浮巴峽，八月
江聲落楚邱。南卜瀟湘應有賦，白雲迴首思悠悠。

## 山游四絶句

携屐青山憶謝公，石梁隱裊垂虹。此身郤遇樵風便，日在白雲紅樹中。
龍潭一夜灘水生，中巖飛瀑聲琮琤。下有仙人釣鰲石，天風髣髴來吹笙。
萬仞嵯峨雲錦張，楚關南望欝青蒼。山頭僧住何年砦，雨後時耕古戰場。
仙壇縹緲幾峰晴，誰道蓬瀛隔赤城。行盡白雲看洞壑，石牀松子落無聲。

## 山中夜月同樂寅遜齋坐話

高舘西山裏，清吟喜共君。龍潭寒吐月，仙畈曲盤雲。谷口無人到，溪聲入夜聞。虚窓不成寐，楓子落紛紛。

## 仙石畈雜題四首

曾爛樵夫柯，往往多仙踪。何年巖上石，化爲五老峰。仙人石。

三潭俯峭壁，窅黑下無底。安得華陽劍，投水驚龍子。三口潭。

寂寂鳥鳴澗，樵聲出深竹。時有紅藤花，紛紛落巖谷。紅藤澗。

石梁斷空翠，急瀨颯寒雨。中有桃花溪，白雲不知處。攬勝橋。

## 望白雲寺

歸途望山刹，窈窕明雲松。十日乘游屐，西南千萬峰。寒溪時見鹿，樹杪忽聞鐘。郤憶東林路，難逢慧遠踪。

## 自西山歸答秀兄見懷

我向西山去，同遊得向平。千巖飛瀑落，一夜白雲生。相憶携觴日，應憐采藥行。歸來投妙句，空起石梁情。

## 懷涵山

昨汝歸南國，孤帆定越州。天台莽雲氣，浩渺接江流。老憶虞翻在，今真謝客游。山陰去不遠，誰放雪溪舟。

## 子夜歌四首

憶妾十五時，軋軋弄流黃。相思生不解，繡出雙鴛鴦。

明月照玉塘，微風揚素波。擘蓮自得子，母爲搴其藕。

郎家鳳皇山，妾家在桃葉。大江多風波，郎舟不堪涉。

妾解碧玉環，郎調碧玉歌。願郎愛玉體，宛轉心如何。

## 孫生德官以父難羈寧武感寄

聞爾逢兹難，倉皇失一官。故人成死別，絶域望生還。鄯善兵猶合，崤函路復難。憑誰寄書劄，一爲報平安。

## 跋張齡度弦易卷後

張翰負高致，哦詩光黄間。平湖正秋色，望見蘇公山。嵐彩互明滅，登臨散襟顔。古人今已矣，沿月棹歌還。

## 懷堅山寄何二 戊寅

探春曾記到花溪，雲水空濛入望迷。行盡白雲三十曲，故人猶在白雲西。

## 看花成二絶句

東風花事太匆忙，連日不可更禁當。辛夷吹開復吹落，只欠山桃與海棠。

溪上看花空自春，柳條踠地覆白蘋。黄蜂紫蜨各無賴，閒逐飛花遠趁人。

## 與寺僧別

遠公持竹杖，送客虎溪頭。山月似相待，松風還欲留。千巖盤石蹬，空翠隔經樓。更值昏鐘發，泉聲谷口幽。

## 次答樂寅

久閉蓬蒿逕，遥憐仲蔚情。歸途正風雪，聚首是春城。細草看初碧，東風夜忽生。狂吟興不減，知爾擄幽清。

## 天谷信宿賢首山寺有寄二首

聞君西山游，託宿招提境。支公開南軒，龕燈照虚耿。風泉生夜凉，蘿月散清影。趺坐寂無言，蕉團習禪静。

昔游鏡湖曲，兩峰列青冥。名藍匝飛瀑，空翠交巖扃。桃源惜往返，竹林兹亘經。白雲跂予望，君將斸松苓。君以丁丑曾客靈隱南屏諸寺。

## 寒食拜先君墓

寒食城南路，經行獨惘然。常懷風木感，不忘蓼莪篇。花柳連山徑，松楸繞墓田。一杯奠靈爽，和淚到窮泉。

## 燕子

燕子飛時暮，茅堂葺壘新。往來真過客，冷暖自藏身。掠水輕隨侶，啣泥遠趂人。細觀羣物理，隨意即芳晨。

## 和秀兄懷天谷山寺之作

寂寂翠微寺，遥憐禪誦羣。春風猶谷口，吟望爲夫君。松際看孤月，巖端宿白雲。應知愛猿鶴，不勒北山文。

## 晚晴

晚眺臨春郭，歸雲霽遠空。川光明落日，雨氣抱殘虹。翡翠時鳴柳，鸕鷀遠避風。滄浪浩歌起，吾意即漁翁。

## 輓燈公

憶結東林社，曾聞日暮鐘。重來西澗路，獨對翠微峰。猿鶴自清夜，風旛空妙宗。洞門蘿月在，無復白雲踪。

## 塘上行

商飈發宮闈，吹彼寒塘流。中有孤飛鴛，哀鳴望其儔。一解。
青青水上蒲，託身在清淺。風波蕩其根，孤心曷由展。二解。
憶君棄妾時，忽以濡霜露。妾顔豈常盛，君心豈如故。三解。
妾心無轉移，思君君不知。寄語君旁人，憶妾新寵時。四解。

## 夜游黑龍潭用大復先生二韻

孤峽青天月，盤空翠壁開。坐疑龍渚近，忽見夜珠來。雲氣隨羣衛，灘聲轉薄雷。登臨吾未倦，還上古人臺。

仙潭天上落，絶壑倒空明。萬古寒山月，遊人獨夜情。溪傳康樂句，林憶阮公行。更指西巖路，看予到赤城。

## 宿山寺

騎馬碧峰暮，白雲深幾重。不知山月起，忽掛東溪松。飛瀑落寒翠，秋林聞夜鐘。石梁如可度，明發爲扶筇。

## 使君行

使君昔被諸曹綬，文羈兩銜指南斗。雞潮夜宿海日出，牛嶺晨穿錦蛇走。前年奉詔來京師，申民遮道瞻威儀。車蓋翩翻高一丈，銀章紐刻盤雙螭。山郭春深布穀喚，人家雨細桑陰垂。爵集潁川古不謬，刀賣渤海今其時。寒城秋高天北風，使君更上承明宫。吏民争見思何武，郡邑猶煩借寇公。便驂白鹿朝天去，早集夔龍禁苑中。

## 秋夜感賦

白雪望斷思難休，潘岳陽城迥自愁。一夜秋風眠不得，更堪絲竹在西樓。

## 雪後登永寧寺

殘血西峰寺，緑崖細路高。下方杳雲水，絶頂忽林皐。野鹿看人駭，縈峼置屋牢。晚來幽意愜，登歷卻忘勞。

## 答桐淮永定見寄

洞庭南極晝陰陰，仙吏官齋橘樹林。郭裏灘聲時聽訟，雲邊岳色坐彈琴。登臨未阻愚溪興，迢遞難爲剡曲心。同學久知盤錯志，休教囬首二毛侵。

## 輓業師朱惠邨先生

絳帳追遊地，青山别四春。感思空有淚，私服更何人。書卷楊雄老，生涯原憲貧。招魂弟子事，愁爲薦芳蘋。

## 寄何堯風讀書指南寺三絶

聞君竹林寺，迢迢清溪曲。石磵寂無人，傳聲在空緑。

日夕見南山，白雲滅浮彩。北垞殊淼漫，微鐘復何在。
石瀨迴清湍，書堂出深竹。時有山僧來，松風夜同宿。

# 詩鈔卷三

## 柳林店即目己卯

野岍風輕燕子低，幾家山市枕迴溪。桃花盡日隨流水，直到柴門復向西。

## 夜來樂

吴絲蜀桐鳴高堂，銀炬夜懸飛珠光。明月入簾花枝長，博山爇雲沉水香。青蟲横髩調鴛鴦，裔步聯袂鵠迴翔。纖羅霏霧垂明璫，五色馳目心樂康。漏聲沉沉天影蒼，與郎尋夢珊瑚床。

## 送人還蜀

明往巫山過三峽，若爲江月聽猿啼。花飛野岍鶯聲合，潮落孤帆樹色迷。鳥道晴穿半天上，錦江春壓白雲西。知君到處堪乘興，迴首煙皐落日低。

## 郭外

山郭清明後，春陰鬱未開。岸寒輕雨至，沙静白鷗來。步屧隨仍遠，鞦韆看卻迴。風光憐更暮，佇望獨徘徊。

## 發西山阻雨谷口卻寄樂寅

看山幸十日，兹行乘素忱。留連洲渚別，欸曲平生心。與子念分携，乃踄東南岑。湖垞殊淼漫，山翠香深沉。驚飈沓蘋末，雨氣冒巖陰。跋馬俯蘿磴，息徒依花林。淙流絶岸激，疊嶂緣雲深。平原倏愴別，康樂兹愁霖。唯將山水懷，寂寞託徽音。

## 西宫秋怨二絶句

鼓罷雲和已斷腸，月光如水滿空牀。昭陽銀箭偏催曙，那及西宫夜漏長。
内苑西風御水流，微霜落葉掩朱樓。明珠自分無消息，紈扇何因更及秋。

## 避雨響山郵舍

驅馬投林際，人家住翠微。雨痕青不斷，雲氣白成圍。山暝秋蟬咽，沙寒宿鷺飛。榜歌當夕起，處處采菱歸。

## 秋夜園居寄答樂寅

首秋霽商景，養疴卧郊麓。時循陂上山，遂就湖次宿。芳氣散芙蕖，夕響引羣木。冥懷逐虚舟，遐心歎空谷。佳人忽我思，緘情慰幽獨。離奏歘悲慘，渴念轉煩促。中夜起東廂，月光皎西陸。何因孤興發，鶩棹清溪曲。

## 秋雨送别陳漢青之汴

西風吹夜雨，蕭颯落庭柯。俱有飄零意，其如離别何。楚山青靄斷，關路白雲多。待到梁園日，秋江正夕波。

## 秋雨豁上人至因憶西山

秋雨晦寒浦，高僧相對閒。偶因桂花發，卻憶淮南山。空翠落杳靄，天香生石關。何由一命駕，絕頂同追攀。

## 琳池歌

今夕何夕，搴舟中流。木蘭爲檝兮青翰舟，折荷花兮乘素秋。女艷艷兮羅齊謳，霜露下兮君幸留。息徒駕兮紛相繆，華燈錯兮月沉波。銅龍轆轉玉漏多，今不樂兮奈夜何！

## 招商歌

高舘閬兮臨芳池，水爲車兮桂爲旗。宮娃窈窕艷多姿，紛繡帶兮吹參差。吹參差，招涼颸，隨風曼舞長袖施。東流之水不西馳，羲和御日鞭兩螭。華燈夕，天左側，千秋萬歲樂安極。

## 題遠上人禪房

遠公禪誦地，遥出白雲間。絕境來人少，終年流水閒。孤煙寒郭樹，秋色夕陽山。待結匡廬社，松風日掩關。

## 雨夜聞雁寄秀兄

陰雨連宵苦憶君，流螢落葉轉紛紛。孤燈最厭南飛雁，并遣離人一夜聞。

## 八月十四夜懷梅江

秋月遍寒城，秋宵欲二更。水螢初不定，林鳥忽多驚。遠思青楓岸，離愁白雁聲。故人江樹隔，直想夜潮平。

## 陳虹舒邀遊賢隱山寺

憐君多雅興，邀客寺亭幽。落葉行時徧，泉聲到處秋。天涯還白社，生事杳滄州。偶話黃山曲，能無憶舊遊。

## 送葉聖同之武昌

秋雁飛難盡，憐君復此游。白雲連夏口，楓葉落孤舟。樓想鶯崔處，江深弔禰愁。煙波千萬里，日夜只東流。

## 八月十七夜懷張樂寅郭筠亭汴上往予曾以是夕與張同泊

汴水東流夜復朝，故人相憶最魂銷。秋風不道三年别，又宿當時舊板橋。

## 又爲柳枝詞寄秀兄

楊柳西風日夜凋，銷魂自古是隋橋。行人到此多傷别，遮莫千條復萬條。

## 登賢山絶頂

懸巖秋至始躋攀，縹緲龍宫積翠間。孤嶂白雲隨客到，六時清磬對僧閒。南朝故壘依寒草，落日荒城帶楚山。惆悵花林獨歸去，洞門流水送潺湲。

## 樂寅下第感贈

憐君不第向邱樊，慷慨寧歌行路言。畏鵬少年悲賈誼，聞雞中夜感劉琨。家依楚水秋多雁，路入寒山獨閉門。我亦十年曾賦就，蹉跎猶負孔融恩。

## 西山晚歸二截

落日崦嵫獨眺，寒山掩映人家。白雲忽斷歸路，遠水時連暮霞。
遠樹孤帆來往，白雲隨客東西。昏鐘谷口何處，明月徘徊後溪。

## 雪後入賢首寺

西山殘雪路，松際尚紛紛。古寺來人少，微鐘隔磵聞。凍泉幽徑細，寒樹半巖分。不爲匡廬約，何緣入白雲。

## 寄胡侍御

繡衣近典雞林使，霜鉞遥瞻夢澤還。已見珊瑚收碧海，更看鵷鷺集仙班。槎乘南極星辰上，草就西臺霄漢間。知是進賢蒙上賞，時時簪筆近龍顔。

## 山中送客庚辰

青嶂石林迴合，緑蘿雲蹬欹斜。王孫歸路芳草，流水無人落花。

## 月夜入寺

暝投雲際宿，絶蹬費躋攀。月色隱孤寺，松風吹亂山。因思紫芝侶，遥在青蘿間。萬慮此俱寂，方知猿鳥閑。

## 送虹舒還新安

獨折楊枝贈别離，江流渺渺布帆遲。春潮肯爲將愁去，應向清淮月落時。

## 寄答梅江丹陽見訊二韻

三載淮南客，田廬憶舊家。孤舟正春水，一别已天涯。鼓鋏悲生計，談經愧鬢華。楚江煙水濶，何處望蒹葭。

不得丹陽信，遥憐歲暮心。一書揚子雪，忽寄落花深。樹暗猿聲苦，江寒雁影沉。茫茫成此别，離夢倘相尋。

## 山寺春興

支公跨磵起精廬，春盡雲房爲借居。青翠千巖列屏鄣，樓臺終日在空虚。陶潛彭澤元躭酒，李白匡山合著書。乘興西峰無遠近，松門蘿月望何如。

## 西嶺歌并引

三月十四夜，同何、郭、張三子暨秀兄登寺西嶺時，月光如洗，相與酌石上，留連不能去，興酣放歌。

昔聞李太白，曾登九華峰。今我跡西嶺，手把青芙蓉。西嶺嶕嶢石巃嵸，殘霞射日孤光動。天風謖謖吹高寒，我忽臨之毛髮竦。蒼煙漭瀁翠微暝，青螺浮空光不定。海底飛出白玉盤，此時髣髴登天壇。山鬼窈窕倚翠竹，竽笙縹緲聞青鸞。西嶺以南環冥關，月色滉漾虚無間。鐘聲微動松際寺，雲氣忽幕淮南山。我時同遊得四子，白眼高歌亦如此。人生感慨寧異科，明月漸轉將沉河。陰晴圓缺亦何定，浮沉聚散恒相磨。即今有酒且不樂，奈爾青山明月何。嗚呼！奈爾青山明月何！

## 賢山雜詠八首

岧嶢賢首山，玆名記南史。不見六朝松，寒榛莽空壘。梁王壘。

粼粼澗中石，孤峭豁清泠。隔水忽聞鐘，飛梁下寒景。東澗。

嵓松峙千尺，怒攫如蒼龍。有時白雲起，不見天台峰。松嵓。

我經石橋下，空憶武陵山。桃花自溪上，流水非人間。鎖溪橋。

音公洗鉢處，池水清見底。偶對白鷗閑，機心亦如此。音公池。

穀城仙化石，五老石名仙。仙石竟何是，吾欲凌紫煙。仙石嶺。

孤澗帶西嶺，泉聲在空緑。偶采菖蒲花，巖間見雙鹿。鹿澗。

迢迢青蓮界，黛色此終古。誰搏雙蒼虬，青天忽雷雨。雙柏舘。

## 樂寅還西山後雨彌日寄憶

昨從澗西寺，君返山南宅。微雨湖上來，楚雲萬重碧。丁丁伐木響，悠悠山陂隔。世故紛糾纏，遠憶聯床夕。

## 得桐淮澧州書并雲巖先生消息

仙令三年別，煙波隔洞庭。遥憐琴鶴興，日在水雲汀。雙鯉勞妃渚，孤舟憶使星。相思欲南下，一泛九疑青。

## 苦雨行

仲夏彌月雨不絶，積霧重巖坐相失。濤頭翻雪立六鰲，沙尾輥雷落千尺。大陸晨看牛馬没，農家夜驚隄障溢。我時走觀出西野，坤軸但恐摇倉卒。愁霖曾聞康樂唱，止雨誰傳廣川術。更嗟水決淮西城，泥淖盡日無人行。禾潦麥殺已不寡，鄭白之渠胡爲者。

## 瑶瑟怨

美人撫瑶瑟，手弄鴛鴦絃。明月照玉床，倚柱愁不眠。相思洞庭野，淚竹生寒煙。西風嫋嫋洞庭夕，漢女雲和渺湘碧。清怨飛來曲未終，斷猿晴鳥啼孤舶。

## 苦熱憶山中

憶在山南陲，清湍帶左右。謖謖松風下，爲問清涼否。

## 得巨波京師書

五惜秋螢別，稍傳鴻雁音。俱悲授簡地，誰識草元心。少室流雲氣，滹沱落日陰。相思暮江上，愁絶此登臨。

## 晚次許州

客行經潁北，夕霽次湖西。岳色含殘雨，川光截晚霓。人家荒浦斷，鄉思楚雲低。孤館喧秋響，清尊誰共携。

## 許州七夕寄内

城頭月出影彎彎，一宿西湖旅思閒。牛女亦憐天上别，銀河何事向人間。

## 西華夜泊和巨波楊枝詞

見君詩句已傷離，那更孤舟夜泊時。聽盡竹枝翻不寐，月寒煙冷和楊枝。

## 淯水舟中聞雁

清淯去無盡，客思方悠哉。日暮泊何處，孤舟聞雁來。

## 贈郭方山

五年分手記踟躕，少室千峰少定居。魑魅未須悲李白，雕蟲應已薄相如。繁臺夜雨寒砧急，梁苑秋風古木疎。明詔即今徵賈誼，相期好上袖中書。

## 次淮上寄樂寅

朝發朗陵途，羈心杪秋積。北風吹五雨，淮流澹將夕。明霞上遠水，寒樹帶行客。故人望何處，西南幾峰碧。

## 鐵佛寺

濛濛山色水雲低，萬折千迴澗道迷。爲愛泉聲過橋去，微鐘忽出竹林西。

## 次平靖關

冥阸雄南服，盤亘百里内。詰曲峻坂危，峭拔兩峰對。灌木縈馬首，歸雲拂襟帶。日暮關路寒，迴望沉青靄。

## 應山拜楊忠烈公遺像

有明昔末造，厄運丁陽九。貂璫弄乾柄，爪牙屬羣醜。中書坐恭顯，鈎黨成禍藪。吁哉亡國鑒，寺宦古常有。公也泣鼎湖，顧命在左右。移宫想笏正，翊聖類扆負。白簡疏大罪，浩氣比山斗。豈期李雲誅，竟自閹人手。毅魄隨箕尾，在天對列后。我來古祠下，披圖拜稽首。英風生戟髯，凜凜驚户牖。青宫太保字，銀章并垂綬。生策左繆先，死配椒山後。炯戒追祖訓，金石刊不朽。嗚呼三百年，伊誰啟厥咎！

## 宿平靖關寄周萃元二首

憐君英妙解吟詩，携手無多忽別離。嶺色千重暮何處，寒雲積雪出關遲。
白雁峰高黄峴西，驛樓千折與雲齊。朔風一夜驚寒鳥，古木荒煙幾處啼。

# 詩鈔卷四

## 同筠亭游指南院辛巳

柳色南橋緑漲天，晝長禪榻颺茶煙。椶櫚滿院琅玕碧，記得分題近五年。

## 聖同樂寅信宿丹谷有寄

南山乘佳興，兹游屆春夕。緬懷子猷舟，遂宿元暉宅。孤澗出蘿月，對此忘機客。殘雲縈遠青，霽景帶微碧。竹嶺引泉響，松逕空鶴跡。高舘蔭陽林，絶巘冒陰雪。伊余赤城想，飄飄紫霞隔。昏鐘湖次微，曠望寄泉石。

## 首春偕樂寅宿黄城山下晨起大雪有作

鄮南峙靈岫，其副爲黄城。諸嶺儼羅列，迢遥造紫清。黄城盤亘楚山裏，天地濛濛白雲起。我時探春憩其下，蒼翠忽落芒鞋底。以兹暢游踪，坐愛青芙容。連巖細雨晦，蹬道暝煙重。春夜殘燈動春酌，曉來雪花如掌落。階前寒樹影不兮，窓外羣峰態成削。凍泉微咽青冥端，此時與子躋攀難。會須拄杖青泥坂，飛鳥千峰下界看。

## 和樂寅經雙林寺感舊之作

最厭離亭柳，千條拂玉塘。青青猶似昔，别意竟誰長。

## 雁

鴻雁花時至，高鳴夜轉驚。可憐洞庭月，猶作玉關聲。

## 春湖曲

柳青青，花冥冥，春光澹淹湖上亭。煙渺渺，湖前道，堤邊踏翠愁芳草。芳草雙飛蛺蝶黄，蘭陵少年停紫韁。辛夷花暮東風起，吹落玉缸春酒香。

## 題松鶴圖送樂寅還山中

太保已絶韋偃老，後之畫者何草草。欻忽見此雙鶴圖，雪羽龍鱗亦稀少。青煙縈條幾百尺，蹁躚欲下藤蔓密。月明雙影垂婆娑，夜雨寒聲助蕭瑟。我歌松鶴臨煙汀，送君還山雲正青。松根芝草日應長，山缺遥開放鶴亭。

## 訪寺僧不遇

僧寮棕櫚陰，對此静塵慮。明月踈竹間，無人自來去。

## 答秀兄病後見示

多病文園客，吟詩池草生。花遲歸雁少，雪霽竹風清。藥裹幽時晒，茶經静裏評。青山看近宅，絶憶謝宣城。

## 步虚詞二首

金幢曾記降瑶京，五岳仙圖列上清。三見層城水深淺，碧桃花下坐吹笙。
麻姑仙酒出崑崙，玉椀盛來氣尚温。自有蓮花開十丈，何須親到洗頭盆。

## 憶西山舊遊簡秀兄

不到西山裹，相看半載餘。爲憐多病客，直憶落花初。汀雨昏鐘杳，松風夜閣虚。聯床舊時事，春興欲何如。

## 題曹靜持南行紀游詩後

夙昔山水懷，中頗探靈閟。遠慚蘇門嘯，流覽名山誌。廬阜何岧嶢，紫霞特幽邃。側想香罏煙，游屐未一至。君也豫章彦，瀟洒自孤寄。峭帆掛明月，寒江起橫吹。卻尋棲賢谷，偶宿東林寺。雙峽合冥漠，五老宛相遲。白雲倏明滅，嵐氣成彩翠。緘情渺天末，扣舷就湖次。遂削陸羽經，別續白傳記。覩茲比卧游，扶筇緬奇致。更聞踰嶺海，南征紀䆮異。武夷玉屏顔，九曲誰軒輊。迴首大雷岸，江潮如夢寐。何因錤船峰，從君一題字。

## 贈送靜持之福州五首

蔦蘿附松柏，枝葉固相因。君子重結契，末俗奚所親。趨庭茲六紀，設榻幸兼旬。欻忽動離奏，戒舟炎海濱。

晨興遠行邁，駕言之蠻疆。執手立踟躕，永懷要不忘。感君纏綿意，愧無雙明璫。願言崇令德，謙尊道彌光。

積雨晦曦景，泥淖漫被塗。引領望城郭，山川鬱以紆。後期感寥凋，且復留斯須。念彼雲中鳥，分飛歧路衢。
志士營功業，致身當及時。與君俱少年，努力行相期。聞雞起中夜，絶編景前儀。幔亭信非遠，行當踄武夷。
嶺嶠峙南紀，合還非一狀。揚舲拾海月，梯雲歷銕嶂。史公遊名山，謝傅發逸倡。君其憶疇昔，白雲欝相望。

## 社日雨中次答秀兄

幽居地僻少逢迎，嘉月西陵轉繫情。巢燕落花虚社日，禁煙寒雨欲清明。聲殘竹院枝低曳，色動柴門碧漸生。力疾兹晨應鍊藥，愁霖何事步前楹。

## 雨

雨脚行難斷，涔涔聽較繁。占年勞父老，晏坐失朝昏。煙重孤城暗，沙寒昨夜喧。直愁雙屐滑，寂寞掩柴門。

## 入武勝關一路山水佳甚，龍泉寺相踞里許，予以事不果至，詩以憶之

奇絶東南路，峰巒面面同。人家傍蘿澗，驛舍出煙空。佳處疑嚴瀨，前游得孟公。孟大理望之有龍泉寺作。如何雲際寺，數里障塵紅。

## 遥和台方伯登北高峰韻二首

縈迴蹬道向空賒，絶頂岧嶤俯碧沙。山勢南蟠天竺出，潮聲東折海門斜。白髭舊典元郎郡，翠黛争看蘇小家。直北五雲垂咫尺，郤依斗柄望京華。

臨風飛蓋興方賒，依約錢塘築遠沙。下界鐘聲雲裏出，孤峰塔影月中斜。青收潮汐千重樹，翠壓湖山幾萬家。惟有使君才不減，獨窮幽勝賦皇華。

## 清明冒雨出郭有懷

孤城一以眺，極日水雲昏。細雨連沙浦，寒煙出郭門。花殘郵路斷，舟晚渡人喧。悵望王孫去，佳期誰共論。

## 清明後二日招同郭何諸君讌集郭西别業兼懷梅江天谷四首

迴溪緑浄如練鋪，桃花兩岸沿春蕪。雙柑斗酒且須住，況與會稽諸賢俱。汀煙駘蕩風日美，玉壺銅斗酣無比。酒闌起拓竹枝弓，士雅屯西射飛雉。

春田漠漠水輕碧，人生當着幾兩屐。壓缸杏酪潑乳香，羯鼓狂撾應十石。司州城南春晝晴，隔花何人吹玉笙。匆匆風景過百六，乞與諸君擁鼻行。

畢君家本甓社湖，草長鶯飛今已殊。花時期爾古陂路，蘭陵美酒雙玉壺。朅來小别郢門樹，鍾武山邊煙景暮。吴歌水調望江南，淼淼平蕪向何處。

西山蜿蜒被微緑，澗道潺湲凡幾曲。維摩方丈落花風，憶爾魚鐘食黄獻。鬢絲禪榻别經年，紅泉碧樹遥相牽。白蘋風起日欲盡，郤望中流迴舸船。

## 銅雀瓦歌

鄴人掘陵得古瓦，乃在漳河之濱廢臺下。沙沈土蝕字磨滅，暈碧螭蟠狀非假。兹臺昔建臨高空，朱甍玉甃何玲瓏。洛都宫闕已灰燼，咸陽王氣黯將終。嗚呼寶德不寶物，神器豈久歸姦雄。我覽此瓦重太息，襲以錦綈加扃鐍。空堂扣作哀玉音，徑尺拭出黄金屑。西陵蕭瑟水沉陂，銅雀春深行客悲。千秋遺瓦猶爲硯，不見銅人辭漢時。

## 大隄曲二首

朝向大隄遊，暮向大隄宿。愁殺襄陽兒，只唱銅鞮曲。
漢皋有遊女，弄珠臨古臺。翩翩者誰子，白馬東方來。

## 寄郭永定

夙緬陶彭澤，宰兹山水清。伊予有同嗜，出處無異營。農月藹新霽，南楚卉滋榮。縣圖帶嶺表，耒耜勤庶甿。水泉決閭里，衆鳥喧簷楹。即事弄文翰，披景稱春觥。懷哉永嘉作，遐爾桂陽情。眷言崇令德，百里安足經。

## 懷堅山寄樂寅

相憶西峰別，花時十日游。迴看載酒地，忽是五年流。梵刹臨千嶂，人煙見遠洲。何當登絶頂，高詠爲君酬。

## 南溪四絶句

清溪抱南郭，潺湲凡幾曲。蘋末生輕風，微波澹已緑。
溪行不厭遠，偶坐石上閒。沉沉古陂水，影動西南山。
縈渟白石灘，岸草日堪把。鸊鷉澹無心，飛來釣車下。
夕景遠明滅，汫垞殊淼彌。隔浦見人家，逶迤青林裏。

## 羣仙圖歌

蓬萊之山何縹緲，雲氣虚無極冥窅。天風拔海日車動，蜃彩晴蒸玉壇曉。仙之來兮倏如雲，凌丹霞兮紛霓旌。芙蓉之裳水玉佩，步虚吹落成竽笙。松花酒熟醉喝月，瑶草春緑呼龍耕。空濛蒼翠海天遠，飛樓巀嶪碧雲斷。仙源空逐落花流，神風卻引浮槎返。我嘗夢繞天台霞，洞中七日曾爲家。白虎晝永鼓瑶瑟，青鸞夜半田雲車。只今覽圖空神向，咫尺重尋滄海上。滄海風波不見人，石門芝蓋如相訪。

## 納凉寄指南寺僧

桃笙日午碧沈沈，坐憶城南千竹林。一徑清風無客到，就中誰是出塵心。

## 得曹方召漢口書

一曲楚歌尾，雙魚漢水頭。幾時過大別，遥夜憶孤舟。帆影雲中樹，笛聲江上樓。應憐謝家彦，高詠思悠悠。

## 秀升兄哀詞五首

少小雞窓日並肩，衰宗誰比士衡賢。那知歲在龍蛇厄，竟似緋衣立召年。
前年卧病弋城居，見面真成九死餘。屈指青山埋骨日，新愁舊恨較何如。
桃葉榳根枉斷腸，病吟誰付返魂香。池塘春草無人緑，佳句他時憶謝郎。
春山結社石堂偏，囬首松門一惘然。記取酒闌燈灺夜，幾人風雨對床眠。
客路秋風更唱酬，登臨猶憶仲宣樓。可憐牢落彭城意，中夜聞雞古蔡州。

## 簡任聖選

故人兩載薊門居，愁望雲山萬疊餘。骨買黃金才未盡，淚生白玉怨何如。誰令李郃膺高第，不復劉琨有薦書。得失由來成底事，柳吟花醉肯教疎。

## 竹軒納涼和樂寅

琅玕瑽瑲梢簷碧，槎枒中踞數拳石。桃笙出火晝不眠，郤下湘簾岸巾幘。故人張翰山中居，愛看脩竹來吾廬。雨晴涼月坐相對，肯令三徑清風疎。

## 溪堂雅集和樂寅韻

戴公依澗起書堂，十里清溪寫練光。過客雲嵐應未倦，居人魚鳥亦相忘。蘿陰有徑生秋笋，松子無風落石床。幽興憐君無遠近，不妨還醉菊花觴。

## 西溪別友人

淼淼空洲水浸天，西峰落月起寒煙。故人臨水休驚別，一夜秋風滿石泉。

## 早秋溪舘作

西溪帶左右，書舘臨高戛。坐見滄浪水，能令塵慮空。微凉澹踈柳，脩竹生清風。信有儵魚樂，將毋莊惠同。

## 題張氏山居

龐公投老鹿門居，嵐彩千重對結廬。留客定須傾斗酒，垂綸絶喜似鱸魚。四山秋暝蟬鳴後，一徑松風月上初。夜久支笻應盡興，迴時猶聽隔溪漁。

## 溪上望月

早穲溪上舘，商飈生夕清。銀河澹初瀉，素魄皓將盈。流波望容裔，天宇極空明。牛渚扁舟夜，安知謝尚情。

## 秋夜東閔雨豊

踈雨庭陰過，微凉竹下生。遥憐鱸鱠思，絶憶鏡湖行。澹瀉銀河影，寒迴玉笛聲。胡床中夕坐，愁聽草蟲鳴。

## 西溪暮思

西津日延望，谷口正煙霏。微雨靄初霽，白雲蓊欲歸。秋思澹遥浦，離情空暮磯。還當待明月，浩哥臨翠微。

## 八月廿日賢首寺看桂作

吾州城郭横清漸，澹淹十里堆玻璃。菱陂以南亘山足，倒影對鏡窺蛾眉。侵晨策蹇景新霽，竹逕葱蒨魚鐘遲。名藍隱約入斗折，稍深遂覺忘形疲。松風滿院客不到，木樨香冷宜相吹。芬菲新萼飽紅蠹，連蜷古幹成青螭。丹砂金粟布初地，微咲忽記拈花時。玉壺倒盡此趺坐，婆娑一樹清陰垂。石壇秋澄澹將夕，歸途暝色延鞭絲。小山叢桂倘招隱，攀枝更誦淮南詞。

## 渡淮

瀰瀰長淮水，淪漪凈玻瓈。桐柏青崖嶻，白雲忽東西。輕飈散萍末，夕景下鳧鷖。鼓楫志或并，濟川道奚睽。導源溯神禹，括海首昭稽。蠙珠美厥貢，文雉化攸齊。兹晨喜利涉，汎汎臨流澌。

明當經嵖岈，征車事攀躋。

## 河決

聞道河隄決，新看版築勞。至尊方旰食，都水議穿漕。白晝蒼龍鬭，寒天雪浪高。及冬成早告，郡縣正呼號。

## 得静持閩中書

嶺路何時達，經秋始報書。孤舟曾大別，萬里向無諸。錦樹仙茅合，霞洲海扇虛。雄才知有賦，遥贈比瓊裾。

## 暮雪

積雪廣庭閒，柴門少來往。飢雀忽翻飛，蕭蕭竹間響。

## 懷聖選之山中聞其將游董峰鐵佛諸寺

積雪冥關路，君行第幾峰。凍雲横斷澗，樵響出深松。黄獸應難斸，緇流何處逢。迢迢翠微寺，煙際尚聞鐘。

## 登響山宿張齡度宅

響山亘東南，周遭若赤城。石扇下横緑，奔湍鳴琮琤。峩峩鐵色壁，萬古排峥嶸。我來凜冬末，木脱石氣横。日午苦攀躋，細路中貫縈。屐齒躡蒼翠，淵淵自成聲。鞺鞳應空曲，山谷相和鳴。頗愛蘇長公，作記難爲并。主人蓬瀛客，詞賦耀紫清。顧我青雲間，玉壺費招迎。遥夜扣松關，纖月生前楹。

# 詩鈔卷五

## 雪懷虹舒壬午

陳生久離别，消息近誰傳。雁影銜寒雪，江流合暮天。淮南招隱賦，陽羡舊時田。此夜黄山曲，知迴訪戴船。

## 首春與樂寅約遊賢山以事不果賦此寄憶

西林迴合粱壘邊，結社雲房追夙緣。石蹬月殘雪皜皜，叢篁澗折流娟娟。東風並馬期何日，細雨聯床是幾年。郤怪陶潛疎懶甚，不教輕到虎溪前。

## 約樂寅讀書山寺并寄堯風筠亭二同學

昔隨元豹向煙霧，鑿峴峰頭幾迴宿。東風囬首清溮濱，與君及此乘芳晨。董生故有下帷志，李白寧作蓬蒿人。紅泉碧蹬豈寂寞，珊瑚玉樹相鮮新。故山之游已非昔，忍忘劉阮天台春。赤霞巑岏幾萬丈，就中别有桃花津。

## 寄聖選并訊其門人陳寔齋

任生論交今幾年，别我忽逝浮弋邊。清淮原上杏花雨，白雪驛前楊柳煙。載酒定問子雲字，探春肯泛山陰船。知否故人居已卜，還如李白竹溪緣。

## 月夜書懷贈樂寅

沈沉深夜携青絲，主客當筵還詠詩。篬竹微風動虚籟，梅花殘月忽横枝。西窓剪燭同清興，南浦移舟異昔時。須識蟄龍今已起，迴看巖谷盡春姿。

## 春夜宿指南寺

蒼蒼竹林寺，面此陂上山。春華及游寓，遥夜開松關。鳥栖林籟静，月出魚鐘閒。梅花忽横影，置我羅浮間。

## 次樂寅寺夜對月

蓮界晚鐘寂，殊無塵事侵。梅花月微上，遥在東西林。蒼蒼夾脩竹，泠泠散清音。虚憶承天寺，應同此夜心。

## 山游欲登永寧寺不果

丁丁伐木春山空，竹杖芒鞵聊與同。梅花澗道有時落，流水石梁無逕通。縹緲鐘聲在空翠，窈窕雲氣隨西東。便欲直從峰頂去，龍湫迴首遠濛濛。

## 游滴水崖歌

芙蓉九疊張翠屏，鐵色四列浮空冥。雙泉激射作雲氣，空濛忽散層崖青。須臾隨風遠漫滅，飛流皚皚千尺雪。五丁力鑱丹嶂開，雙童旄倚青壁裂。訇然石扇憑蛟宮，洞中日日生雷風。我來仲春氣始霽，數子藤竹來相同。紅泉碧樹兩幽絶，千載令人懷謝公。

## 由滴水崖至龍潭第一谷作

靈湫勢三疊，遠在西南峰。兹行首北澗，及此開夙悰。鈎連躡危蹬，登降趾不容。陲巖黝古鐵，尻脽抱其衝。水石相搏擊，雲氣互撞舂。狀若白龍鬭，射日紫翠重。隨風忽颯沓，暝迷青芙蓉。跳珠復濺雪，飛流鳴琤琮。洞天闕石扇，横緑無春冬。時飛白蝙蝠，靈草花紫茸。迴視二潭谷，委折方淙淙。陰巖糾蘿蔓，夕霧流杉松。赤城信可跡，吾將支瘦笻。

## 宿龍潭北谷

雲盤千折入，旅宿萬山中。月出斷崖暝，鳥鳴春澗空。泠泠潭曲水，淅淅竹間風。到枕應難寐，虚懷石帆東。

## 次樂寅仙石畈作

小別龍湫水，行衝石畈煙。詭奇無玉女，縹緲有金仙。欲問花間渡，空尋洞裏天。須知道家秘，内外得丹篇。

## 遊西山郤憶賢首書舍次樂寅韻

五日遵折坂，目極蒼雲間。其陽類盤谷，其陰若商顔。蜿蜒各異狀，登陟岨且艱。木末懸匹練，萬仞流淙潺。游魚澹相樂，注視神爲閒。石瀨成夕宿，鐵嶂行晨攀。飛梁峙雙表，下若横重關。誰張屏九疊，爛如古錦斑。遠夢鏡湖月，媌娥陂上山。東風草微緑，谷口花成殷。須記嵩陽下，應待行雲還。

## 山梅二絶

山舍春寒一樹垂，澹煙微暝忽横枝。香風滿澗吹成雪，一片漫漫短竹籬。
暗香初動影參差，半映人家半水湄。澗道無人自開落，羅浮殘月五更時。

## 游龍潭第一谷浚復紆徑至三潭山皆壁立中潭遂不果上爲半格詩一首

龍潭第三谷，舊倚釣臺間。水石澹無比，遊人長自閑。空響忽遠近，雲氣時往還。中巖生夕暝，
孤峭造天關。始知神龍狀，首尾成孱顔。試看清淺水，中有三神山。

## 憶梅

五更翠羽絶嘈啾，最憶書堂石逕幽。一夜窗前澹無影，美人殘夢在羅浮。

## 遥送雨豊還錢塘

鏡湖三月春水生，落花滿汀雙艫鳴。孤舟遥憶不成別，殘月半江空自横。

## 晚歸值雪

上巳初過忽飛雪，石城路滑愁馬蹄。霏微雲蹬樹不辨，咫尺竹林人已迷。山舍輕寒花欲折，野橋漸暝鳥應栖。書堂此夕遥乘興，昏黑還須到剡溪。時期與樂寅同集書舍。

## 和樂寅登堅山感舊之作

黄精春斸白雲平，絶憶西峰頂上行。忽見君詩倍惆悵，石壇花落五清明。

## 南溪看桃花二絶句

天台三月錦成堆，步障分明乞取來。二十四番殊造次，傍山夾岸一時開。

萬樹春風野水涯，迷漫絳氣欲成霞。折花女兒競顔色，照影分明在若耶。

## 遥和樂寅鹿磵看雲二截

長川淼安窟，微雨郭西暮。迴看山中雲，應浮幾重樹。

孤澗忽繚白，四圍遥散青。不知雨來處，但覺空山暝。

## 寺夜詠松風

習静西巖寺，松風到枕幽。四山皆作雨，一夜忽成秋。梵響有時續，泉聲何處流。分明廬岳奏，謖謖坐間收。

## 春雁

郢州城南征雁飛，欲斷不斷瀟湘歸。一夜洞庭水空濶，萬里玉關今是非。春陂漸淼數聲落，暮雲無際遠影微。青蓮燈明不成寐，聽久忽覺急鐘稀。

## 游賀氏園二截

雙柑何處送春歸，掩映林亭一逕微。漠漠柳綿時欲落，偶看魚翠掠波飛。

賀監難忘鏡湖水，謝公只愛敬亭山。乞將一曲清如此，絶似湖山罨畫間。

## 重游靈山寺

寂寂春崖寺，重游已十年。桃花認何處，流水尚依然。折蹬雲中轉，飛梁樹杪懸。須知游覽意，亦屬静中緣。

## 首夏同社諸子携酒過訪山寺

決決湍流轉，亭亭夏木陰。緑蘿微雨過，青澗一鐘深。屐齒緬高致，芳尊憐此心。無因塵鞅切，輕爲别西林。

## 同樂寅筠亭泛舟澌上

山城臨極浦，落日輕舟移。明霞散蘋末，中流澹風漪。登仙得李郭，忘機憶莊施。棹歌竟沿月，踐此鹿門期。

## 悼山松二截

亭亭百尺勢成龍，曾記天台石畔逢。不道月明孤鶴影，徘徊猶聽舊時鐘。
長老徵材費斧斤，可堪猿鶴有移文。菩提試問當時種，一半難忘是白雲。

## 賦得山泉

泉水在山清，昏鐘處處聲。竹林深不見，散入小池平。

## 贈筠亭留宿山寺

沈沈深院夜鐘遲，寂寂空山話舊期。起舞未須悲往事，司州城外對床時。

## 晚至東澗二絶

陰窅夾叢篠，翩翩驚夕禽。隔林忽傳響，微鐘深復深。

繚曲蹬道盡，左右激清湍。夕景遠明滅，忽下幽林端。

## 白雲謡送筠亭

白雲兮逢逢，忽一西兮一東。羌胡爲兮輕別，遠明滅兮九㚈。送君還兮折芳杜，山青青兮欲雨。白鷺下兮翻飛，澹容與兮極浦。移輕舟兮南郢，眇遠陂之煙樹。忽迴首兮白雲，射杲日而氛氲。櫓咿咿兮水潺潺，悵靈脩兮空西山。

## 鳴雁行

樹桑十畆，不如種麻一邱，貧肩摩不如富服。兩牛飼汝，牛祝來牟，汝麻漚池，千錢可收。一解。湘水之陰，泰山之下。中有蛟旁，有虎嗷嗷，鴻雁鳴何苦。二解。

## 雨

冉冉松上煙，冥冥煙際雨。一夜淮南山，微凉在碉户。

## 覽武夷山誌

客從南方來，貽我一束書。開圖靈氣勃然至，歘忽煙霧沾襟裾。赤城不復數，瀛洲那可覩。飄飄紫霞想，寂寞菖蒲浦。欲往遊之深其岨，猩猩啼兮鬼嘯雨。武夷拔地形崔嵬，鐵壁横柱如奔摧。明鏡倒射珠璧氣，垂虹忽熠金銀臺。其中仙潭環九曲，洞天石扇下横緣。鐵船玉女宛相向，靈草壇花有誰斸。翠屏仙跡垂朱文，龍脊一線穿氛氳。不信開闢産靈異，五丁鑱盡東南雲。千盤萬折懸蹬出，五芝八桂常繽紛。炎方福地兹第一，縹緲欲下雲中君。

## 雨寄鈎亭

徂夏積冥雨，陰霧晦大谷。連巖勢虧䥑，雲氣縈樛木。湍流激砰磕，懸溜散蕭摵。冉冉洩松際，娟娟净深竹。我時凌丹構，溟濛亘坤軸。巀嶪殿角高，糾蟠柏枝矗。遠楚俄灑沓，疊嶂莽迴複。昨緬霞上作，眷此塵外築。何因墊角巾，共就翠微宿。

## 書堂新竹

精舍面城麓，植竹未盈畆。清影交瑣碎，虚籟戛左右。龍籜茁煙雨，鸞尾披月牖。參差自分幹，篠簜漸成藪。炎景晝森映，沉碧翳林阜。錫名重璆琳，配德媲瓊玖。虚中每孤抱，直節諒所守。始知丹鳳棲，冉冉自高負。

## 夏夜懷静持

夕霽倚飛構，衆緯逼天闕。茂松泫清露，輕雲流華月。别袂感荏苒，脩翼問閩越。引領依東南，天末思超忽。

## 寺夜憶樂寅

流雲注青壁，蓮燈烱林樾。珠斗正横貫，殿影標兀突。娟娟雨篠浄，殷殷夜鐘發。遥憶山中人，徘徊碧溪月。

## 寄僧湘碧

法侶近何處，白雲空舊岑。悠悠夕陂水，明滅東西林。

## 登東嶺步月

芒鞵草露有僧從，杖底踈陰萬壑松。爲愛清溪夜深月，微茫聽盡隔山鐘。

## 雨行西澗二絶

幡影閉花院，流雲亘石堂。颯颯松際雨，磵路生微凉。

叢篠深轉密，折澗緣荒榛。微聞採樵逕，蒼茫如有人。

## 寺中雨夕

好雨當時發，新流出谷分。百堇窓外落，一夜客中聞。深響兼清梵，傳聲濕白雲。曉看西澗曲，山翠正氛氲。

## 寄贈羅濟庵

側聞清潁勝，門向大陽峰。家世傳通隱，高風繼舊踪。書城堪北面，縑素得南宗。惟有神蕭颯，人看古鸖容。

## 寺樓晚興

裊裊丹梯凌倒景，陰陰喬木障危垣。楚峰南列流雲氣，梁壘孤盤斷雨痕。石井細泉僧自汲，竹林深響鳥成喧。便須拄杖窮幽勝，折澗微鐘坐石根。

## 喜雨

入夏常無雨，虚窓曉漸聞。縈廻半崖樹，灑落百重雲。竹逕深難到，松泉聽不分。還應爲霑足，煙際散鷗羣。

## 夕霽二絶

晚來禪誦寂，浩歌踄西嶺。遠色來蒼然，深林滅餘景。

斷雨横山南，平田水新長。密竹不逢人，稍深忽成響。

## 看竹二絶

戒壇横澗竹千竿，暑氣纔消忽雨寒。那得青青留一院，更無袁粲到門看。

左右參横帶激湍，陰陰沉碧影團欒。胷中自有篔簹谷，只在瀟湘六月看。

## 喜晤梅江

三年阻絶江邊樹，一别吟魂閣上梅。消息近傳京口至，離懷應爲故人開。蓴鱸自屬耽新興，雞黍何緣理舊醅。因看鬢華驚往昔，幾回猶憶夢中來。

## 重晤雲巖先生四首

南服緬六載，弭節及嚴冬。洞庭渺一碧，遠見紫蓋峰。湘瑟汎遥夜，微波澹相容。坐覺溟濛氣，萬古羅心胷。

冥關鬱岧峣，盤亘出孤驛。乘傳非棄繻，奉使自執戟。曾披雲畈作，兼就珠崖役。設榻奄七紀，倒履感中夕。

藹藹趨京邑，憩此淮水陽。遐矚委離愫，握手成別章。延譽感不淺，款曲言彌長。夜闌秉官燭，檐月寒蒼蒼。

文昌列天垣，耿耿貫紫宫。華光燭四表，元精相感通。將之耀窮僻，何以承虚冲。倘爲播中和，樂職方域同。

## 寄題歸雁亭

孤亭瑟瑟西風前，秋夜欲沈蒼葭邊。平湖月出影一碧，斜漢雁横微有煙。弋陽城古落楓葉，春申宅空無管絃。此時清興復不淺，庾亮南樓應可憐。

## 光州道中值雪

趨途已阻酈山雨，冒雪猶衝澗路泥。最是紛紛看不定，湖煌忽暝滑城西。

## 嗟哉行

鳳皇於棘戢其翼，梟傍暱之搏且急。嗟哉！鳳皇兮胡不匿尔采，致令輾轉途路側。安得鷙鳥至，惡族爲所殛。不爾投荒裔，亦可遠蟊賊。

## 夜集垂裕堂留別寔齋昆仲兼懷榮萬之濬縣

高舘張燈夕，開尊別思紛。來衡弦子雪，迴憶太行雲。諸謝原多彦，中郎雅好文。明當歸雁下，一倍惜離羣。

# 詩鈔卷六

## 立春癸未

孤城伏臘春欲動，野岸寒輕雪盡消。草痕忽拆經微雨，柳色纔青迸短條。郡吏鞭牛農事劇，歲時擊鼓土風饒。江鄉生菜應須蚤，寄語王郎好見招。

## 送聖選入都

忍着萊衣別，誰憐季子貧。孤城遠相送，五上一何辛。慷慨聞雞意，艱難捧檄身。風花看到日，盡染帝京塵。

## 寄齡度

經歲頻勞訊，三春始報書。最堪方朔米，不爲季鷹魚。衣綻京塵裏，花生楚岸初。淮山舊池舘，空向暮煙虛。

## 出郭看花成四絶句寄梅江

韶光百六鎮堪憐，溪岸輕寒潑火天。暢是淮南好風景，緑楊城郭盡陂田。

夾岸花枝照眼明，卻看沙尾縠紋生。直愁桃葉霏微雨，哪有吴孃打槳迎。

竹外籬邊春態閒，沙鷗鸂鶒最相關。花林一望渾雲水，隱見西南幾角山。

修禊菱陂記往年，側花中酒每情牽。竹林小别今囬首，便欲東乘下瀨船。

## 聞樂寅近同筠亭遊響水寺

衆山肇桐柏，淮瀕兩經絡。雖復深箐中，蕩然出林壑。雲麾舊時跡，陵谷久索寞。村故有晉雲麾將軍宋僧徹墓。仲蔚蓬蒿人，紅顔任栖託。花竹通阡術，紫荆羅鳥雀。側聞西山遊，藜杖遠探索。角巾亦嘉侶，眷馬斸靈藥。是時春雨餘，石磴競紅萼。名藍匝青翠，雲水氣參錯。湍激自殊響，奔崩怒相搏。鞺鞳無停奏，洄漩倏連躍。始信山水音，清泠發天樂。遥矚窮躋攀，長吟振層崿。蘿帶紛婉孌，招携悵玆約。想當舊雨佳，枉爾碧雲作。

## 上巳約諸子遊凝碧亭

林亭迴虚敞，風日况澄鮮。欲引山陰興，難辜上巳天。野花明夕岸，春水漫陂田。勝跡殊相憶，行歌竹樹前。

## 送僧之花山

江令南朝宅，名藍竟攝山。千秋剩泉石，一鉢去蕭關。白足春江上，輕帆夕照間。紫峰西閣迴，悵望未能攀。

## 戲成小樂府四首

開幕燭成堆，當筵顧曲來。不愁官絹盡，教得紫雲迴。
啞啞城上烏，日暮府中趨。桓公知最賞，一篪似儂無。
草淺春田碧，牙旗閃日紅。新絲與新穀，最憶聶夷中。
清興南樓月，西風扇底塵。元規太相汚，坐嘯爾何人。

## 書懷贈梅江

綺歲弄柔翰，意氣何飛楊。冥懷希前哲，琅詠皆盈箱。吾邦文獻區，大復寔擅場。邇來三百年，耆舊俱凋喪。英英二三子，稍起爲詞章。予時事結契，出游梁宋鄉。授簡不可得，望古心慨慷。欲南浮江淮，中道爲徬徨。迴車泣歧路，眷馬返故疆。君方南徐來，貽我雙明璫。竹林羅諸彦，佳日遵陂塘。素琴彈五紘，泠泠玉壺旁。以兹數晨夕，似是惠與莊。八月蓴鱸美，江南正煙霜。揮手從此別，調促不能長。相去二千里，後期安可望。黄鵠摩青天，羣雁起北翔。君本澹蕩人，西風錦帆張。懷舊泛淮浦，搴此桂樹芳。痛哉西州門，池草今荒凉（先兄秀升）。玉溪客京洛（聖選），栖蒿效楚狂（樂寅）。嗟予始三十，屢蹶慙騰驤。更結山澤游，所思在丹陽。干莫欝靈氣，離合亦何常。三載行見君，澄波渺難量。語我平生親，欲飲不盡觴。暮春楚山碧，長淮沈清光。行復郢門別，煙樹但青蒼。即事述疇昔，端憂不能忘。開帷鑒明月，長嘯倚胡牀。

## 感舊贈樂寅二首

冉冉届春序，惻惻傷中情。眷懷碧山游，歲月忽以更。從君司州夕，復作梁苑行。聞雞規已遠，授簡才難得。譬彼浮萍草，緑波不相縈。譬彼蚌中珠，含川媚澄泓。愚者或殊遇，志士畏虚聲。

所以漢陰叟，抱甕營其生。

幽蘭被空谷，孤芳爲誰榮？采之欲遺贈，忽忽念平生。叨此中表密，愁與年齒并。巾車就西路，山谷莽縱横。林木何脩脩，黄鳥鳴嚶嚶。中道望何及，眷彼求友聲。

## 彭家灣

清渠決決水塍斜，密竹層巒見幾家。行向郵亭溪路轉，野塘開徧白蘋花。

## 過龍泉寺

空山見樵侶，石逕爲夤緣。梵放林間寺，茶分谷口泉。夕禽響叢篠，落日隱溪煙。明發關南路，風塵亦可憐。

## 澴川道中

清波渺渺向澴川，平遠山圍入楚天。斜日柳風溪上路，人家隱約夾陂田。

## 夜發馬溪至前湖

馬溪收暮雨，深巷夜推篷。沙净遠無樹，潮平微有風。雞鳴片帆起，月落前湖空。卧聽舟人語，遥遥辨九嵏。

## 石塘灣望柏泉山

亂帆纔轉石塘灣，十里溪平午夢閒。一抹林梢青侶黛，推篷起看柏泉山。

## 十八灣夜泊

夜半江潮生，峭帆落鄂渚。沿流火明滅，微茫辨汀樹。欲問郎官湖，孤洲在何處？蘆岸闃無人，蕭蕭打窓雨。

## 舟次漢口後湖

拂曉湖波淼欲生，扁舟遥指漢易城。鱗鱗煌岫依稀見，葉葉風帆自在行。盧橘正隨吴估至，鰣魚恰受楚舠輕。坐看萬頃琉璃碧，争似桐廬徹底清。

## 雨宿漢口

漏天何日補？連夜欲翻盆。遠憶樓中笛，空辜湖上尊。江聲吞漢沔，雨氣走襄樊。底事頻侵枕，無眠對北軒。

## 月湖竹枝詞二首

月湖南將大别連，湖水粼粼碧荇牽。乞與兒家作明鏡，時時照影鬭嬋娟。

危樓架向鴨頭波，日日香風散芰荷。郎欲渡江風浪惡，湖心平碧住如何？

## 登桂香亭

爲愛郎官好，停橈倚石闌。鏡中沉紺殿，畫裏出青山。勝跡看磨滅，碓圖悵等閑。雙松亭在否，西望未能攀。

## 登晴川樓

石林高枕漢江頭，百尺危軒面鄂州。平遠湖山窻外列，參差樓閣鏡中浮。臨風欲酹郎官酒，乘月終期大别舟。遥想故鄉當日暮，晴川淼淼接天流。

## 渡江

萬頃滄波一葉輕，乘風直作剪江行。岷峨西挾魚龍氣，吴楚東流日夜聲。指點尚疑庾亮宅，權謀終恨吕蒙營。試看天塹雄南服，破浪何當壯此生。

## 江夏懷古四絶

紫髯東去霸圖空，鐵鎖沉江亦未工。十萬樓船争出峽，降旙空自怨西風。
鸚鵡西飛漢水清，誰教亂世獲高名。碑中黄絹緣何事，忍聽漁陽撾鼓聲。
運甓軍中老尚堪，曾令王導茚猶慙。行人淚墮西門柳，幾樹婆娑種漢南。
開府當年據上游，月明清興在南樓。籌邊誰使郪城没，空逐西風入石頭。

## 江上弔太白

錦帆指黄鶴，一去竟千年。逐客樊山下，悲吟玉笛前。茫茫漢陽樹，寂寂石城煙。太息風流盡，空江獨扣舷。

## 黄鶴樓

城上危磯接暮汀，白雲黄鶴舊曾經。江山一氣吞全楚，樓閣三層切杳冥。漫倚錦帆悲霸業，卻聽玉笛想仙靈。金沙洲畔重重樹，煙際遥横數點青。

## 鰣魚曲

鄂州城門映江水，新漲朝來没沙尾。漁人乘舸如擲梭，往來拋網浪蒼裹。簁簁銀鱗賣楚姬，金盤雪落漾玻璃。含桃正熟江蘺長，最是鰣魚初上時。

## 送僧之峨眉

一瓶一鉢遠相隨，五月巴船上峽遲。積雪九盤人不到，青衣江轉是峨眉。

## 舟出後湖二絶

月出樊山口，遥遥見江樹。愁殺峭帆人，乘流五更去。

天明指潰口，迴望大別山。青蒼隨我舟，戀戀湖波間。

## 五日孝感舟中

五日澴川上，南風美滿吹。楚鄉逢競渡，旅食對江蘺。山向平蕪盡，帆隨夕照移。柏泉幽勝地，來往負佳期。

## 晚次孝感即目

兩岸垂楊合，層城向水開。沿流燈火起，處處畫船廻。

## 夜抵淩家潭

石罅纔通幰，灘高未穩流。峰猶青竟日，纜始引靈湫。颯颯風鳴壑，荒荒月入舟。客程畏孤泊，况乃萬山稠。

## 月夜宿丹谷

蘿陰凉月半輪低，照影分明在剡溪。幾夜孤舟相送好，伴人猶宿救山西。

## 送齡度之任雲南

萬里牂牁路，君行過五溪。僰僮爭爨土，津吏雜雕題。炎海連銅柱，蠻煙暗碧雞。承家清節在，寶玉未須攜。

## 憶何子維揚之遊

何郎醉别酒如澠，八月觀濤向廣陵。可有煙花留杜牧，能無詞賦繼枚乘。城闉樓觀歌聲沸，水盡東南海氣蒸。爲憶竹西明月夜，至今螢苑怨難勝。

## 樂寅訊楚游之勝簡答

君詩憶我涉江湖，爲道南樓天下無。山谷詩：『江東湖北行畫圖，鄂州南樓天下無。』李供奉才不易得，庾開府興最難辜。空洲浪蹴丹梯動，危堞煙横翠壁孤。安得磯邊同買宅，釣竿東去拂珊瑚。

## 龍牙寺登高

石筍嵌空磴屢迴，下看飛瀑倚天開。終年雲際無人到，九日山中有客來。峰轉水源横洞壑，路危樹杪隱樓臺。憑高此會真乘興，手把茱萸未擬回。

## 冬夜書事與樂寅

霜月娟娟夜不眠，病懷愁思各悽然。清歌醉後人争聽，落魄誰如兩少年。

## 明港驛别聖同樂寅甲申

明燈濁酒此分攜，渺渺栖鳥夜半啼。曉發不離淮水上，青青楊柳自東西。

## 贈張搢笏返雲南

憐君萬里至，重詠五溪行。身遠愁鳶跕，關高畏狖鳴。秋風洞庭樹，春雨夜郎城。日暮誰吹笛，多應哀寄生。

## 聽梅江彈琴

憶聽歸鴻已六年，重逢猶爲撫冰絃。憑君無意彈流水，偏在秋江夜月前。

## 病夜

我向秋風苦病侵，經冬猶自擁寒衾。蕭踈蓬鬢從教短，寂寞柴門漸覺深。須識死生原夢幻，好將姓字任浮沉。吟身料理非關藥，趺坐長宵見此心。

## 病起示内子

病起含悽甚，徘徊覺汝賢。死生腸已斷，兒女手重牽。幾向扶牀泣，何曾解帶眠。牛衣争似此，肯爲負他年。

## 寄天谷

海上有仙人，來往十二城。偶謫碧落間，無乃思蓬瀛。金丹蒸紫氣，玉罏結璚英。頗得大洞秘，志豈在長生。著爲五千言，微妙不可名。迴翔鼀烏景，沐浴日月精。若藏蕊珠闕，其光耀紫清。若貯萬丈淵，蛟龍焉敢攖。吾兄素聞道，繙經吹玉笙。青函走相送，重綈如瑶瓊。開緘獲丹籙，危坐心屏營。乃知清静道，實與元化并。下士竟大咲，有若蒼蠅聲。

## 懷人絶句八首

荒郊寂寞贛江濱，愁劇休文舊病身。迴憶峴山堪墮淚，當年栞酒是何人。（曹静持）

扁舟桃葉水雲汀，鶴料琴囊泛杳冥。日出太湖三萬頃，卧看七十二峰青。（楊涵山）

銅柱標南海氣昏，冥冥瘴雨黯銷魂。見愁浪濶蛟龍得，終恐門高虎豹屯。（張齡度）

十年浪跡等飄蓬，越水吴山渺未窮。歲晚黄金臺畔去，短裘獨馬太行中。（陳漢青）

陳生别我光黄間，翠嶂丹崖老去閒。放鶴買雲猶未了，更衝風雪上黄山。（陳虹舒）

萬山一綫冥關路，棲泊曾經雪磴寒。聞説闺中饒韻事，謝家飛絮倚樓看。（孫得官）

野店溪堂倡和頻，筆牀茶竈日無塵。屬君領取元和格，好寄香山白舍人。（張樂寅）

楓冷吴江夢已虚，梁園授簡事何如。此時應恨桓司馬，不省郗超一篋書。（史見來）

## 寄陳榮萬兄弟

憶别君兄弟，何時到剡溪？人家浮弋外，霽雪石盤西。好詠池塘句，曾聞夜半雞。花時如有約，春酒爲誰攜？

## 懷梅江

晨風蕩浮雲，冉冉東南馳。安知非子鄉，縈我瞻望思。悠悠天上月，各有弦望期。俄頃倐虧蔽，矧迺隔山陂。别離日以遠，會合那可知？道修或我致，川塗相間之。良無凌風翼，延頸復奚爲。

# 詩鈔卷七

## 渡淮乙酉

津口翻殘照，雲沙疊水郵。萬峰迴楚塞，孤鳥下淮源。漠漠寒蕪晚，荒荒野樹昏。寂寥燈火夜，酤酒與誰論。

## 汝南懷古四首

驅車城東門，古陵草離離。瞻望野踟躕，不復知爲誰。義憤尚有稱，富貴徒爾爲。嗟哉黄犬歎，何如黄鵠悲。

炎靈方殄瘁，志士憤所切。懷清在攬轡，黨禍竟就逮。遂齊李杜名，何與欒陶祭。悠悠申屠子，乃獲終亂世。

清談資廟算，英俊沈下寮。遂使神州没，萬里爲蕭條。起視兵氣横，雞鳴夜寂寥。飲恨殁河朔，邊沙慘驚飈。

孤軍薄洄曲，中夜朔吹昏。荒寒角聲咽，晃耀組影翻。長鯨竟授首，前驅負櫜鞬。蔡人視師入，乃知王命尊。

## 石門道中望靈山

山行愁日暮，路轉見危岑。碧入孤雲斷，青盤九塞深。怪禽啼木末，懸瀑界巖陰。欲就關南宿，迢迢暝色侵。

## 重遊耿氏山莊晤天谷

折澗千盤入，春風百雁西。偶來青嶂宿，共對白雲棲。寥落仙舟意，徘徊舊雨題。迴看花下路，流水到曾迷。

## 塞上較獵圖歌

丁零塞頭鳴暮笳，朔風慘淡吹龍沙。賀蘭雪殘邊草颯，寒原萬里黃雲遮。臨洮健兒捷身手，彎弓飛鏃能左右。據鞍馳突大澤中，玉踠騰空發驕吼。翻身疊射聲疾呼，平蕪血灑金鏤鋅。黃獐渴飲猛氣麤，蒼鷹欲下腥風俱。塞垣日落歸穹盧，倒酪灸向圍氍毹。夜深琵琶醉起舞，毳帳冷月光模糊。將軍射雕亦已無，南山之石胡爲乎，嗚呼曷不觀此圖。

## 丹谷早行

野磵山桃徧，沿溪路轉斜。谷寒煙散日，湍急岸頹沙。丹壑空盧阜，紅泉憶謝家。風塵暫棲息，吾亦愧生涯。

## 彭家灣

春酒纔熟楊柳黃，紫騮不繫關路長。東風斜日驛亭暮，溪煙漠漠藤花香。

## 游響水寺

昔聞西澗勝，今始到雲門。崖削橫天細，湍迴觸石喧。驚雷争一壑，疊雪散孤根。欲訪龍潭曲，蒼茫積水昏。

## 釣臺

峭石俯百尺，芳草坐堪把。臺下水悠悠，誰知釣魚者？

## 寄樂寅

吾憐張仲蔚，牢落碧山棲。岸舸家難定，方書病始攜。有時題翠竹，何處聽黃鸝？莫爽西峰約，前谿艸已萋。

## 楊花篇寄梅江

郢門三月東風起，楊花漠漠春城裏。金蘚絲長逐輭塵，玉娥飛盡隨流水。輭塵流水同飄泊，庭院無人聲寂寞。只見漫天作雪翻，更嗟盡日隨花落。揚子江頭楊柳春，年年糝樹欲沾巾。飄零遠望三千里，愁煞東西南北人。

## 賦得秋井

百尺甚寒洌，石闌苔蘚侵。蕭蕭纔落葉，軋軋有哀音。幾夜銀床冷，當年瑶殿深。美人愁素綆，碧甃想難沈。

## 閱愚堂遺集

往歲人琴痛，遺編久廢評。只今鄰笛暮，開卷涕仍横。舊擅吾家事，空傳身後名。東風池舘寂，春草爲誰生？

## 懷筠亭之淮上

寂寂淮山晚，悠悠淮水春。應憐携屐侶，爲憶墊巾人。野舘吟紅藥，孤舟蕩緑蘋。聯床知有日，勝事爲吾陳。

## 柬梅江

歲序吾方壯，交情爾最真。老添孤客淚，鄉遠大江春。旅食常憎命，文章豈逐貧。寥寥桓子外，誰識草元人？

## 年來曾介岩吴雲巖兩先生相繼徂謝感而有作

大雅今寥落，招魂愧楚詞。座中沈范賞，地下鄭蘇悲。秋雨論文夜，關雲出餞時。書來榕葉滿，別後荔芰垂。深負三湘約，難爲五嶺期。名終宣室召，淚墮峴山碑。素縵鑾煙暗，歸舟江霧遲。九原如可作，腹痛亦何爲？

## 聞樂寅將至詩以招之時有讀書賢山之約

聞君匹馬凌晨發，應畏青泥坂上行。碧樹紅泉饒勝事，翠巖丹壑豈寒盟。十年風雨聯床夜，萬里江湖破浪情。消渴邇來惟鍊藥，空冥還斸暮雲平。

## 偕樂寅華泉登寺後山

梟梟丹梯翠壁孤，石橋雲磴自縈紆。齊梁割據空軍壘，吴楚中條接海隅。山入夕陽青不斷，靄含飛瀑碧如無。竹林自昔追遊地，觴詠還憐二阮俱。

## 寺夜聽梅江彈琴

石林颯颯月孤明，曾向金焦一再行。彈到羽音清激處，四山虛籟變江聲。

## 賦得幽澗泉贈梅江

幽澗泉，流潺湲，欲斷不斷松風間。山月纔出青林端，泠泠細瀉當禪關。四山無人夜鐘静，孤燈欲炧虚堂閒。美人手弄冰絲絃，起視孤月摇蘿煙。一彈再彈聲濺濺，聲濺濺，幽澗泉。

## 雨中登樓

飛甍縹緲切崚嶒，積翠冥濛勢倒凌。夏簟泉聲喧一夜，楚峰雲氣混千層。邨醪無計携供客，粥鼓經時看飯僧。聞説南溪新漲好，石門苔滑最難登。

## 雨

積霖西澗晦，終日洩虚楹。應助琴書潤，還添枕簟清。斷雲穿雪竇，深嶂殷雷聲。起唤山童汲，頻支折脚鐺。

## 雨中遣興

相携書卷向禪棲，幽杳居然勝竹溪。石罅但看雲上下，風湍不辨澗東西。踈簾清簟隨時展，密篠蒼藤取逕迷。卻笑輞川王給事，空林積雨任蒸藜。

## 憶遠上人

菖蒲滿澗抽紫芽，東南兩峰標赤霞。白雲濛濛幾千頃，道人忘卻青蓮花。

## 陰霖行

維夏五月日在庚，月罹於畢陰氣盈。千巖萬壑捻潑墨，貫絙不絶天河傾。郭西精藍枕峻嶺，潨流石瀨中貫縈。宵分懸溜雨如射，襍沓髣髴羣靈轟。上有蟉枝攫霧聲怒號，下有清湍脩竹相砰訇，四壁震撼風雷生。我聞禹導淮，鎮此支祈精。蒼茫失咫尺，澎湃翻長鯨。桐柏之山雲英英，千頃萬頃兮如幪帲。濛濛三日勢不正，濆濤洩霧高陵平。豈有昌黎南岳之精誠，驅馮夷兮標縹緲之赤城。午眠禪榻送花氣，風罏潺潺茶煙横。

## 雨後

何處逃三伏，叢篁一逕穿。碧池纔過雨，深樹已鳴蟬。幾泛高生麦，應添陸羽泉。晚涼時散步，盤礴古松邊。

## 宿臨潁

客途秋轉熱，臨睡倚孤城。曾讀先賢論，依然潁水清。西風吹晚稼，踈柳送蟬聲。起舞郵亭夕，長歌劍器行。

## 許州寄方山

垂楊颯颯忽驚秋，紅藕香殘到許州。遥想空陂千頃碧，西風獨倚夕陽樓。鄭州有夕陽樓見李義山詩。

## 許州訪歐公西湖不得

叢祠漠漠水煙空，好景當年付醉翁。暮向荒蕪歌水調，更無人泊藕花風。

## 許下

維漢桓靈世，所任誠非才。釀亂自常侍，失路平津哀。遥遥洛宫闕，悲風蕩爲灰。黄屋歸姦雄，本初胡爲哉？方其在許下，牢籠窮八垓。奉孝既東至，仲宣亦西來。惜哉荀文若，明義終有乖。觀彼子房言，漢鼎志已摧。壽春乃晚蓋，九錫安能迴。竟使王佐器，飲藥如涓埃。霸業終典午，浩蕩空城隈。纍纍八龍塚，古柏何崔嵬。

## 過尉氏弔蔡中郎

蓬沙秋堞古祠荒，馬首黄埃斷夕陽。太息老成凋喪盡，更無人似虎賁郎。

## 嗣宗墓

人傳阮公墓，故傍古城陰。一醉終昏世，清風在竹林。斯人安可作，高詠獨爲吟。試問迴車跡，茫茫何處尋？

## 朱仙鎮岳祠

古廟丹青地，金牌痛失時。弓藏三字獄，矢負十年師。歲幣空資敵，長城欲咎誰？英風護祠樹，猶挺向南枝。

## 北宋宫詞四首

絳蓈金支影不分，玉墀終日射氛氲。官家善寢黄門奏，别寫青詞注道君。

宮鶯乍囀苑花飛，踘蹴春閒似合圍。分勑内人白打後，水晶簾下倚安妃。
輕紈疊雪押宣和，宫禁流傳御墨多。有勑特催螺子黛，承恩别與畫雙蛾。
金繒每歲割諸州，花石江南進未休。别有君王行樂地，夜深燈火在樊樓。

## 甘露寺聽大乘上人彈琴

上人習禪静，幽居祇樹林。流雲飄塔影，飛閣俯城陰。對客寂無念，手揮緑綺琴。四座了不語，倏然塵外心。

## 登汴城北樓

康王城北眺黄河，今古蒼凉歎逝波。廢苑只隨歌舞盡，荒臺曾枕戰場多。鶴鳧猶記開藩始，花石其如棄國何。獨有豪遊幾詞客，不將文字俱消磨。

## 歸宿朱仙鎮懷方山用庵諸同學

歸心與南雁，千里渺相隨。今夜沙隄宿，空洲漁火遲。煙寒朱亥宅，楓落鄂王祠。寂寞金梁月，何由慰所思？

## 簡桐淮表叔

童穉情親隣一巷，中間飄轉隔殊州。因憐越石聞雞夜，只益長沙對鵩愁。千里依栖湘浦樹，十年管領洞庭秋。邇來誰與同晨夕，皮陸猶然好唱酬。

## 夜雪抵山家

一飯山家晚，歸鴉渡口喧。隔溪明夜火，有客候柴門。凍竹欹深巷，荒煙冷一邨。開尊須盡醉，風雪灑空繁。

## 首春賢首寺留别丙戌

山寒澹成煙，溪午游氣重。杳杳蒼翠間，樵蘇殊未逢。巖棲緬微尚，寄此泉石踪。我昔往從之，三載巢雲松。憂樂趨豈殊，出處理亦同。謝彼招隱人，卻愛青芙蓉。桂樹山之幽，童童閱春冬。蒼然谿谷深，暝色來西峰。

## 春夜懷樂寅

雪霽月娟娟，梅花照不眠。只疑庭際水，應放剡中船。城迥倚寒樹，沙平入斷煙。京華二千里，最憶竹林邊。

## 留别同學諸子

高城雨色净春沙，樽酒驪歌送客車。淮浦幾人攀桂樹，燕關何處落梅花。虚慙入洛詩名早，深幸遊梁歲月賒。此别瀛洲勞跂望，五雲直北是京華。

## 之京師别諸子

驅車邁層城，逶迤遵河洲。汎汎鳧與雁，喈喈慕其儔。行子志四方，京洛良盛游。親故遠集送，祖席羅嘉饈。滿引屢進觴，揮手不能酬。山川逶相屬，綢繆致何由。念此欵曲深，含睇清淮流。

## 確山道中值雨贈聖選

春郭遠冥冥，巑岈天際青。野雲纔斷樹，溪水忽浮汀。浩蕩趨京路，縈紆指驛亭。今宵朗陵雨，不奈對牀聽。

## 新鄭過高文襄故宅

井巷翛然故宅存，十年踪跡謝華軒。可憐身後蒙驂乘，不及疲驢出薊門。

## 鄭州

高城巀嶭扼轘轅，一望平蕪野樹昏。青氣有無蟠上黨，黄流日夜走中原。依然圃澤留膏壤，果是成臯設蔽垣。爲問夕陽樓在否，陂頭春水漲沙痕。

## 鄭州訪方山聞已之汴上因寄

日暮行京水，離懷只獨裁。已從枚叔去，還問子雲來。芳草自兹遠，春帆纔及開。欲隨新柳色，寄向孝王臺。

## 武陟道中

驅車古原上，旅食就荒村。山勢尊王屋，河流拓孟門。離心驚草碧，倦眼畏塵昏。寂寞韓陵石，何由共一言。

## 折楊柳

折柳贈相思，臨行意故遲。不知歸早晚，忍看手中枝。

## 望蘇門山

蘇門西望白雲生，竹裏流泉無限情。昨夜正游天姥夢，月中縹緲鳳鸞聲。

## 鄴都行

漳水逶迤陰慮東，鄴城峩峩經其中。九華之宫按圖記，井冰金雀森相通。盤龍繡栱粘雨碧，戲馬綺陌芳塵紅。蛾子紛紛尚有此，何况鼎峙當羣雄。憶當本初失官渡，營立私門窘天步。赤壁江寒横槊時，劍門山險廻戈處。欝葱佳氣五陵無，文昌巀嶪開雄圖。陪以幽林沼元武，形勝居然稱魏都。君不見鄴下黄鬚兒，軍中驍猛千熊羆。又不見西園貴公子，七步詩成捷無比。天將英物産强藩，那得觧兵卧鄉里。生前帶劍徒爾爲，死後分香竟何事。北苑魚梁斷古城，西陵歌舞空流水。碧草春深銅爵臺，露盤仙掌不勝哀。赤符纔應當途識，青蓋俄傳入洛來。

## 邯鄲行

邯鄲大道垂楊裹，黄埃暮逐東風起。不知樓榭已成煙，但見軒車似流水。由來此地盛豪華，城南少年白鼻騧。紫陌鬪雞猶往日，青樓鼓瑟是誰家。青樓只傍叢臺下，緩舞輕歌每專夜。一笑千金未足誇，短裘長鋏胡爲者。寒蕪漠漠古城邊，馬服平原事渺然。惟有傾城難再得，令人争説李延年。

## 次欒城

二月長安道，風塵旅客情。沙寒欒子邑，草長趙王城。陌上争金距，樓頭試玉箏。從來重豪俠，爲賦少年行。

## 易水行

白衣祖道易水寒，壯士怒髮皆衝冠。殿上開圖驚卻走，危哉不濺卿匕首。軻不死，燕亦亡，秦并六國真虎狼。諸侯銜璧西入關，博浪一擊還走藏。英雄成敗固天意，燕丹徒知刺客事。君不見七十二城雄崔巍，昭王但築黄金臺。

## 常山太守行

赤心健兒胡爲者，朝更蕃將夕進馬。是時天下不知兵，誰肯偵變先完城。常山一丸扼幽薊，腹背連營受賊制。一聲鼙鼓漁陽來，旌旗閃閃潼關開。二十四城盡反走，嗚呼乃知常山守。

## 月夜渝泉上作

香閣峙塵表，層折亘脩闕。金碧既森映，水木轉清越。今宵渝泉上，弄此碧溪月。孤光摇空煙，娟娟凈石髮。微瀾蘋末起，霏雪倏飈發。溟濛襟帶間，冷翠屢興没。暫此區中缘，蕭然坐林樾。卻憶臨漪亭，嚴城望超忽。

## 雨

苑雨垂垂細，春行散碧沙。清渠盤寶馬，廣陌逐香車。柳暗雙龍迴，煙深五鳳斜。晚來行樂地，歌吹萬人家。

## 送蔣雲卿還睢州

宋中吾未到，因子興遥牽。暮苑沉春水，荒臺斷古煙。幾時孟諸野，相憶剡溪船。枚馬空千載，風流復此賢。

## 别漢青

西塞連滄海，層城正落暉。相攜何處别，只道是同歸。

## 觀劇行

長安城中三條市，潑火春寒塵不起。樓臺窈窕青雲端，車馬喧闐緑楊裏。夾城簫管日紛紛，别有梨園小部聞。盈盈恰如十五女，鮮畫蛾眉便歌舞。銀撥檀槽自擅場，雙鬟低按小秦王。輕攏漫撚斷復續，喁喁不辨絲與肉。纏頭狼藉錦繡堆，紅牙纔拍數騎催。殘妝逕擁出門去，翠袖相隈五陵路。良辰尚惜賞心違，僭侈誰言人事非。不見孌童住華屋，幾處月明猶秉燭。侯家絲竹更迷離，占斷春風是此時。那堪司馬青衫淚，誰唱王郎畫壁詩。

# 詩鈔卷八

## 得静持方召入都消息時予將南旋爲此寄憶

冉冉關南别，相看五載餘。虚傳溢浦信，今得豫章書。入洛憐爲伴，還山悵獨居。京華不相見，回首更何如。

## 出都

驅車出薊門，夕濟桑乾河。東望碣石館，層臺鬱嵯峨。黄金未爲貴，駿馬一何多。良時獨歸去，佇望心如何。

## 歸渡淮水

客路長如此，高原望已無。平蕪淮水濶，殘照石城孤。歲月親雄劍，風塵感舊繻。平生舟楫志，未敢傚濳夫。

## 中秋夜雨贈梅江

君髮已種種，况當蕭瑟秋。遥憐去年月，曾返大江舟。余亦梁園去，凄然天末愁。凉飈吹桂樹，茲夕轉難酬。

## 寄樂寅

不到西山久，憶君溪上邨。桂花應滿地，秋水欲連門。野望多乘月，狂歌數倒尊。龍潭幾峰好，青峭想盈軒。

## 樂寅華泉寓筠亭齋中因柬

竹裹徑新除，幽尋愛此廬。韓康寧有别，阮氏本同居。深巷斜光斷，寒風落木疎。清尊好留客，醉向菊花初。

## 樂寅讀書山寺

泉石帶精廬，幽深好借居。不教怨猿鶴，儘可注蟲魚。月幌秋堂静，霜鐘曉閣虚。石門傳勝事，飄麥近何如。

## 秋晚山莊

路轉趨雲阪，荒凉古戍存。西風烏桕樹，野水夕陽邨。橡栗收山市，雞豚聚華門。歸人競小艇，溪月正黄昏。

## 簡閉筠亭先生

秋風颯颯閉門深，苦憶青氊獨坐心。高道鄭虔元愛酒，多愁潘岳正哀吟。先生時方悼亡。背霜丹荔荒垣冷，冒雨黄花古殿陰。聞説龍潭近乘興，赤霞縹緲雪千尋。

## 答梅江

病懷寂寞欲何如，憶爾西風旅鬢踈。夜半蛩聲侵獨枕，雨中苔色上寒除。季鷹未免江東思，潘岳寧堪洛下居。曲巷泥深勞慰藉，霜螯相送菊花初。

## 碧城

碧城十二望迢迢，弱水迴風暮復朝。曾説湘靈能鼓瑟，更聞嬴女解吹簫。花殘桂蠹葳蕤閉，煙冷金鳧翡翠銷。至竟蓬萊何處問，一雙青鳥迥難招。

## 郭永定閉郡博約予游龍潭時以事不果至爲此寄之

作賦章安令，能詩鄭廣文。久躭泉石癖，今與鷺鷗羣。壁斷斜飛雪，巖垂倒映雲。昔游猶髣髴，相望隔氤氲。

## 憶昔行寄陳伯思

憶昔相見梁王園，君也視我如弟昆。方山英妙亦舊好，向人肝膽忘寒暄。當時賓客已陳跡，高臺脩竹悲風翻。我曹文章期不朽，豈顧斥鷃嘲鵬鶤。天門蕩詄虎豹屯，日華五色空繽繙。桑乾客路榆柳合，黄河古岸沙塵昏。只今離别重摇落，有如落葉皆殊根。菊花初開秫酒熟，脱巾大笑依邱樊。知君清冷弄秋色，西風落日歸夷門。

## 芭蕉雨爲梅江作

君胡不植庭際之芙蓉，又不種井上雙梧桐。芙蓉曾采渡江楫，梧桐尚可栖鸞龍。而乃樹此芭蕉叢，芃芃如羃緑映空。虚凉摇曳當簾櫳，孤心羈縛不得展。底如客思綿千重，爾弗摇落偏蘢葱。空城環山秋易雨，墜柯濕葉吟西風。君齋蕭颯坐聽此，忽若淅瀝鳴孤蓬。丁丁夜漏傳壺銅，欲滴欲歇階上石。似與簷溜相磨礲，湛湛江水上有楓。髣髴虚籟鄉夢中，知君霜夜蘭缸紅，牀頭有伴號秋蟲。

## 秋晚

荏苒年華歎逝波，西風門巷獨行歌。春來京洛交游徧，病起鄉關感慨多。細雨連山吹落木，野溪枕堞浸寒莎。黄花遲暮猶堪醉，誰爲銜泥到薜蘿。

## 懷張麗瀛同年

梁園高詠罷，燕市憶春遊。失路同爲客，還家又已秋。天寒南雁下，日落大河流。欲采芙蓉贈，扁舟可自由。

## 十月

十月繁霜至，寒威曉𣇄欺。柿垂喧鵲早，菊蔓引蜂遲。多病依田里，無才守歲時。驌驦雖未贖，濁酒會堪持。

## 寄齡度聞其有入都消息

汝去投陳郡，嚴公定可依。雁衝寒水急，木落亂山稀。宦達憎魑魅，家貧悵蕨薇。書空未須寄，京洛故人非。

## 暮望

欹枕鄉関暮，登臺暝色侵。城寒依斷浦，村遠出踈林。節候逢多病，生涯託苦吟。柴門新月上，聞擣幾家砧。

## 玉階怨二首

偶采芙蓉花，霜華浸羅襪。昨夜鴛瓦寒，猶看玉階月。

卷却龍鬚席，生嫌翡翠寒。丁丁玉壺水，一夜不曾乾。

## 夜

嚴城下哀柝，夜迥玉繩低。墜葉霜簷重，寒蛩月榭凄。有懷驚朔雁，不寐聽荒雞。直北關河外，層霄望欲迷。

## 秋江詞

碧煙渺渺幾千頃，空江無人月華冷。江樓照水摇空影，美人縹緲江上樓。翠莎白露江上秋，江上秋，畫簾卷。吴山青，楚帆遠，低頭欲弄鴛鴦絃。蕭蕭籧蘆愁不眠，一夜西風吹白蓮。

## 烏夜啼

寒烏欲棲金井暮，漏聲迢迢玉階度。霜凄月冷濕不飛，啞啞啼盡宫中樹。

## 夜酌與樂寅

君今胡爲在幽谷，讀書等身花滿屋。天寒日暮谿壑深，騎馬入城就我宿。人生三十真壯年，况君才藻尤翩翩。歲拾橡栗豈人意，時逢泉石多夤緣。羣山壓城雲氣濕，殘燈對坐寒雨急。秋井青苔何處無，空山白璧誰人泣。我歌偪仄君莫悲，男兒飛伏會有時。不如且盡杯中醁，勿使雞鳴庭樹枝。

## 樂寅在吾適梅江至冒雨邀飲比歸竟夜矣

君不見青罏纔香紫蟹膩，人生携手須快意。君家故事應記取，竹林風味吾嘗試。西窻翠燭燒殘更，霜葉蕭蕭滿簷墜。糟牀正滴呼即嘗，甕側何須更謀醉。迴首春風十丈塵，青絲絡向湖西寺。五陵欲暮花連天，鳥影匆匆去如駛。聞君家近蘭陵城，惠泉欝金誰軒輊。葡萄初潑凝椀面，安得江船載相寄。酒闌兀坐哀柝絶，風雨雞鳴不成寐。他年若話南司州，起舞中宵亦佳事。

## 冬夜集閉郡博齋中戲爲長句

山城月照霜華清，烱如水荇空階横。西風落葉古壇冷，躡屐來踏菊花影。絳紗儲書三萬籤，豈將梁肉勝虀鹽。夜深呼酒煖留客，開甕葡萄向人碧。快飲直當三百杯，巧宦何須二千石。君不見宛邱學舍如小舟，時人詎識蘇子由。

## 與樂寅

念爾蹉跎久，宵深話不休。病身還自愛，家累未須愁。湅雨寒兼夜，陰蟲響帶秋。平生飛動意，何事羨浮鷗？

## 題畫送人還吴下

剪取吴淞水，生綃忽杳冥。茫茫三萬頃，玉柱與金庭。洞古仙經秘，池空霸氣靈。因君理歸棹，夢繞莫釐青。

## 筠亭索書偶柬

縈紆春蚓復秋蛇，未似東坡老眼花。白甕横鋪棐几净，酒痕狼藉墨痕斜。

## 用前韻與樂寅

霜毫未信走龍蛇，甕紙纔伸落墨花。記得春明門外路，淋漓驛壁字横斜。

## 雨後溪上

斷雨横山南，平田水新長。密竹不逢人，稍深忽成響。

## 山寺同友人夜宿

沉沉深院夜鐘遲，寂寂空山話舊期。起舞未須悲往事，司州城外對床時。

## 山郭

山郭多嵐氣，時時中薄寒。行看楓葉落，坐惜菊花殘。服食身差健，江湖路轉難。驚心仍歲晏，生計豈漁竿。

## 和樂寅入山寺作

聞爾城西寺，蒼茫午後鐘。泉穿雙澗竹，樓偃半崖松。白社舊相得，緇流殊未逢。幾時禪榻畔，茶話屢過從。

## 寶劍

寶劍三尺水，氣掣生蛟鼉。匣中日夜鳴，不敢輕摩挲。醉舞豈能識，血戰功如何。寧知古獄底，光衝牛斗阿。

## 即事

落葉竹間積，呼童除小園。庭空休掃石，畏損青苔痕。

## 寒夜同筠亭樂寅話舊因憶亡兄秀升

紅燭青山十五年，空齋回首思茫然。前塵徒歎山陽笛，舊雨誰憐子敬氈。須信升沉難自料，亦知聚散豈無緣。濁醪痛飲悲歌夕，便聽松風醉不眠。

## 種松歌

清晨市頭逢野叟，葛蔓纏身棘傷手。古松輪囷三尺强，蒼鬣鬅頭貌耆耇。怪藤拏雲鐵壁裂，孤根怒向苔花黝。山樵不敢梯險求，木魅反畏精靈走。我聞重光幾株好，百丈飛流界左右。精氣千

年鳥獸形，寒濤一夜風雷吼。君不見齊雲山中六六峰，拳曲離奇横蚴蟉。踏天懸綆窮匽㠑，十人
橑爬五人掊。明堂大厦焉用此，谷邃谿深亦難守。松乎胡爲産窮僻，幸不摧折供薪槱。若教生
向鄠杜間，貴游百金尚競取。造物生全豈無意，世間棄取曾何有。松兮松兮爲汝壽，萬木凋傷汝
獨後。龍鱗蒼蒼屋角蟠，黛色濛濛女蘿糾。月明一夜清吹幽，應有寒光紛户牖。郡南重光崖有古松怪石之奇。

## 未齋夫子書其登吹臺諸什爲一長卷自汴寄余因賦是篇

今冬有人梁苑至，手持錦軸題緘多。埽殘雞距露卷尾，乃是汴游之古歌。麥光晶瑩紙背濕，筆力
崛强龍騰梭。蘭亭白璽入銀海，後來墨本紛譌訛。貞觀開元各有人，嗣以米趙皆婆娑。百川滔
滔東逝海，思翁晚出迴狂波。我朝儒紳重文翰，金石力追魚鳥科。世宗臨御舘閣盛，吾師簪筆隨
鳴珂。宫花融融西掖静，集賢學士肩相摩。揭來單父尋往蹟，觀經頗得親磋磨。吹臺森爽塔寺
古，抽毫濡墨顔微酡。河流一氣吞欲盡，莽莽萬象中包羅。殺青不及紫芒秃，餘力猶掣生蛟鼉。
汴中好事轉摹搨，硬黄裝演勤摩挲。附書千里走相寄，山陰何日投籠鵝。才薄腕弱愧不逮，豈殊
春蚓秋蛇拖。南窓作詩當評跋，蒼松怪石争嵯峨。

## 冬夜與樂寅會飲筠亭齋中偶效陶體

深巷多古木，寒風日蕭踈。時偕二三友，壺觴過我廬。每飲期必醉，豈復計其餘。仲冬寒夜長，霜露被庭除。好客忽見招，所樂在琴書。團坐情話久，殘更下徐徐。餚核盛羅列，不若園中蔬。室遠尚有思，何如望衡居。陶陶遂已醉，安知天地初？

## 古琴

牀頭焦尾琴，徽缺半黄金。美人高堂上，欲撫怨已深。不逢成連子，誰知滄海心。君看爨下材，能奏清廟音。

## 堯風招飲未赴賦此并寄諸同人

投轄真豪飲，摴蒲豈壯心。青氊猶有業，白髮故多吟。勸我杯中物，懷君月滿林。恍如夜深雪，何處不山陰？

## 對月懷漢青

憶別長安月，今看六上弦。深宵還獨立，知爾亦遥憐。氣逼燕臺冷，光臨楚塞偏。泬漻南下雁，此夜聽難眠。

## 送陳太學之懷慶

令弟將南下，憐君更北征。敝裘蘇季子，上舍魯諸生。浩渺黄河氣，高寒白雁聲。太行當到日，應起看雲情。

## 寄山僧

霜威欺曉榻，睡起日高舂。城府惟安拙，生涯好欲慵。茶經隨檢點，藥裹自題封。寄語山中衲，吾廬已種松。

## 賦得隋隄柳送吴梅園還汴

隋隄柳青青，只種離亭口。離亭舊是古行宫，爲問錦帆今在否？垂條踠地折欲盡，落日空攀路人手。故人家在堤上住，春來汴水醲如酒，楊柳東風幾迴首。

## 冬夜聞梵因憶陳思魚山故事

竹檻明鐙擁病身，月華渺渺夜無塵。如何纔聽魚山梵，便解凌波詠洛神。

## 月夜樂寅作霖集飲

進我杯中物，勸君賢竹林。只看寒月色，猶傍古城陰。水積蘋還動，庭空雪忽深。今宵揮手别，不惜話同心。

## 月夜登城望西山因寄諸同社

連峰抱西郭，乘興輒往登。如何三五夜，未獲偕友朋。言念山中客，手攜青銅藤。高寒翠微上，蘿月澗底升。諸天浄寒色，貯此萬丈冰。雙栢凌蒼蒼，陰森霜氣凝。石壁切緯象，殿閣聳三層。微鐘在磵户，木末見歸僧。昔游或如遇，此景得未曾。惆悵嚴城夕，徒焉望崚嶒。

## 雪中山行

出郭衝寒雪，孤蓬風自驚。野橋人跡少，山店午煙生。馬向瞿塘墜，詩當灞上成。茅堂知近遠，夜火隔溪聲。

## 王兼山表叔宅觀喬峰將軍墨蹟

先生有道棲山樊，青氊舊物今尚存。金陵龍虎氣銷歇，貂蟬七葉爲清門。雪堂晨開執長卷，欻見將軍濡墨痕。衣冠棄崗拾灰燼，歷二百年煙塵昏。想見少時草露布，千鈞搦腕氣已吞。我讀將軍傳，重是先人筆。先曾王父有喬峰將軍傳。寥寥數百字，勃勃生氣出。單騎深入二千里，一夜寒風吹觱篥。將軍歸來亭吏呵，幾醉山陰好風日。籠鵞家法今有此，射虎英風古無匹。嗚呼將軍忠孝家，流傳墨寶何紛拏。上書抗疏兩不朽，誰云庶子徒春華？謂將軍父庶子公也。

## 山堂即事

小榻山堂睡欲慵，晴窓卷幔日高舂。恠來冷翠煙中没，雪滿西南八九峰。

## 和退圃觀察塞外之作

出塞三千里，晨霜鬢已斑。竄身悲鵩鳥，歸夢卜刀鐶。鼓角雲間堠，牛羊帳外山。凄凉羌笛引，傳唱隴西關。

# 詩鈔卷九

## 春日寄懷未齋夫子丁亥

首春變氣候，景物增微和。幽蘭冒紫莛，曲沼汎淥波。駕言越郊坰，極目崇山阿。宋中古名都，
授簡昔屢過。皐比侍晨夕，列坐復鼓歌。選勝得吹臺，殿閣高巍峩。蒼然平楚間，隱見山與河。
前賢此高會，往跡猶煙蘿。題詩藉芳草，移席眄交柯。高李竟千載，悠悠復如何！所以繼芳踪，
作述如同科。去年寄長卷，重綈日摩挲。山陰晚益善，此語誠非訛。何當游梁園，講席資磋磨。

## 白雲寺在靈山東峰甚奇秀予嘗經其下故未到也寺僧求詩書此寄之

靈峰秀東南，梵刹多遺踪。白雲杳無極，天際森芙蓉。上方猿鳥寂，夜半驚霜鐘。茫茫大千界，
兜羅綿萬重。曉風隨變滅，忽浮三五峰。不知雲外寺，半掩溪上松。山僧掃茆宇，約我采紫茸。
何時踐苔蘚，相與游天慵。

## 送黄山人益齋還江西

詩派西江最，傳家獨老成。早精金鎖術，遥寄白雲情。芒履山中市，蒲帆水上城。淮南多桂樹，持此贈生平。

## 江南曲

妾家江南岸，楊柳滿汀洲。舊時折未盡，不敢上簾鈎。斗帳挂流蘇，薰香夜停織。春夢自然多，非關楊柳色。

## 車遥遥

車遥遥，去何之？且停兩驂畢妾辭，出門惘惘君自知。吞聲躑躅私念之，青絲爲鞚手所治。君御之兮沃且綏，北風揚沙黯將雪。妾思君兮音不絶，君望妾兮塵不滅。

## 送樂寅讀書羅山東邨

聞爾攜書卷，春山好獨行。柴門多暎水，野樹半臨城。帷静忘漂麥，囊空愛聚螢。舊時蓮社侶，轉憶對牀情。

## 夏日鄮西郈舍作二首

高安本窮僻，頗多親舊居。時當仲夏交，駕言就荒墟。緑蒲冒中渚，白鳥來前除。近舍三五家，出入惟荷鉏。相見皆野容，雞黍時交娱。風來茂樹間，習習開我裾。談話偶忘還，月出林外廬。農務豈不慕，所愧生計踈。

荒郈背淮水，林木鬱且脩。繞屋蔭廣渠，芰荷植四週。前溪夜新漲，泱泱陂外流。煙際見遠帆，出没淮上洲。既雨時亦息，欣焉眺平疇。偶憩榆柳下，欲釣行復休。萬物各有適，此心澹何求？達哉莊與惠，攬兹遂天游。

## 雨中金七峰以水紅花數本見貽賦此走謝兼贈姚葵圃

細雨黄梅直似秋，小池一曲抱城流。故人早爲分紅蓼，新水纔生下白鷗。野外定愁芒屨濕，檻邊旋遣釣絲收。與君試説横塘畔，煙際湖光欲上樓。

## 送漢青赴江西幕府

太行迢遰夏雲生，留帶燕臺送我行。朧雪孤城迷北望，江風千里助南征。路從漢口青山繞，舟入潯陽白浪平。君到正當秋色裏，滕王閣上待題名。

## 贈吴中歌者

低按紅牙一曲長，歌喉宛轉比吴孃。曉風殘月情多少，不到姑蘇已斷腸。

## 野圃

野圃面迴溪，孤亭郡郭西。雨連淮甸細，山入楚雲低。橘樹依漁合，沙鷗落稻畦。偶來幽意愜，不是戀深棲。

## 閨思

新浴貪輕簟，殘妝怯素羅。夜凉階上立，不忍見銀河。

## 夏日尋友人別業

柴門臨水次，古木抱南榮。荷氣侵衣碧，蟬聲過午清。圖書供坐卧，蘿荔少逢迎。鼓枻隨漁父，無人識姓名。

## 夏夜贈葵圃

天涯憐此會，剪燭最情親。河漢將秋夜，江山欲別人。郗超曾入幕，張翰未忘蓴。何日長洲苑，從君泛白蘋。

## 送葵圃還吴門

翩翩記室才且賢，蓮花幕裏留三年。偶因秋風欲歸去，蓴絲正滑鱸魚鮮。憶昨論交杯酒間，謝公絲竹開瓊筵。衆中豪飲多意氣，愛君醉舞神孤騫。朝天五馬赤霄上，浮家數口清淮邊。（謂蔣芝岡觀察）孟嘗門前幾蕭索，君獨經歲身羈纏。翻階紅藥借吟榻，風鑪書試西山泉。世情冷暖竟何事，人生聚散寧無緣。狂歌送別幾迴醉，剪燭就我西齋眠。冥冥山城秋帶雨，茫茫漢口波吞天。建業殘鐘廣陵樹，輕舟一葉凌空煙。君家舊住横塘曲，君到遥看秋月圓。采蓮歌裏香不斷，湖光山靄青依然。此時爲訊吳王苑，勝地今誰顧彦先。

## 送聖選司訓新安

廿年隨計吏，千里佐儒官。稍喜迎輿近，翻悲捧檄難。秋風伊水外，鄉樹楚雲端。莫厭投閒散，寒氈到處安。

## 送桐淮赴補都門

西風曾返木蘭舟，林巷雞聲日倡酬。才子爲郎翻作客，故人送别況逢秋。梁園池館空前代，時取道大梁。京洛衣冠半舊遊。試向黄金臺上望，雲山森竦擁皇州。

## 送閉郡博陞令壽昌

十年絳帳擁笙歌，此日搴帷雪上過。白鶴溪寒青雀穩，桐君山迥木奴多。文翁教授名先著，杜牧風流蹟未磨。到日官中惟飲水，垂竿清色竟如何。

## 冒雨宿丹谷

薄暮山寒重，披雲宿石門。虎風吹壑轉，鬼雨抱崖昏。具食煨芋火，支床拂漏痕。直愁酤酒處，數里遠人邨。

## 寄王文之

昔游蓬池上，彈指今三年。吹臺東極目，兒苑成荒煙。時多英俊游，二妙實比肩。謂其兄統之。流風自枚馬，才藻非徒然。之子特秀發，趨庭東郡偏。平湖理瑶瑟，秋色生澄鮮。碧雲杳難期，芳蓀共誰搴？緬懷高秋作，對此孤月圓。人生欵曲意，豈必相周旋。懷舊發新謡，徙倚西風前。

## 寄答樂寅

百里高安縣，音書月幾迴。人隨孤雁去，城倚亂山開。野興空乘月，悲歌獨上臺。客懷當歲莫，彈鋏好歸來。

## 冬夜過飲梅江

霜館寒燈夜，憐君酒共斟。鷦鷯栖未定，鱸鱠意何深。壁上鳴長鋏，囊中鬱古琴。淮南十載客，坐惜二毛侵。

## 暮歸渡兩河口

山光下殘照，歸路渡清川。夜火沙邊市，人聲水際煙。歲華行已晏，外物苦相牽。嘐嚦高天雁，西風下遠壖。

## 輓孫虛船夫子

掖垣煙樹蔽京塵，迴憶春風侍坐晨。一夕地中悲馬鬣，十年天上感龍鱗。豈無大鳥翔孤塚，空有遺書付别人。苦欲招魂江水隔，寢門誰與薦芳蘋。

## 明妃行

明妃遠嫁匈奴中，千載人知尤畫工。君王遣行惜不得，縱有嬌愛空春風。天驕夜出陰山北，甘泉烽火照不息。和戎獨仗一妃子，馬上琵琶暮煙紫。君不見長城之下交河旁，蓬飛雪没白骨相。縱横翠輦雙，槖馱乃致烏孫王。嗚鏑控弦三十萬强，夜聞笳聲躑躅以徬徨，中有黄鵠兮哀鳴不能翔。

## 立春戊子

土鼓千門動，辛盤一郡傳。年光生雪後，春色到梅邊。獸炭灰頻撥，龍團手自煎。林塘坐晴晝，新渌瀒生煙。

## 春日即事

紅罏小閣曉寒輕，爲伴梅花一榻横。日影滿窻人未起，細聽簷鳥哢春晴。

## 春日雜感四首

青陽運元化，百昌遂蕃滋。來者日以新，陳跡更共之。載覩龍變化，潛見各有時。哲人感羣動，進德務孳孳。寸陰或不競，圓景倏已馳。對鏡攬元髮，壯齡誰復悲？及時不樹立，悠悠亦何期。

芊蔚庭中蘭，浥露冒紫蕤。當其在空谷，衆草且見欺。一與春風遇，香氣布幽厓。不有美人折，芳意誰知之。
晨登水營墅，曲池昔已平。而我此植援，毋亦勞其生。階基緣遺構，茅茨僅蔽楹。連峰既墉列，青翠依南榮。和風入我懷，仰觀天氣清。寓目已非故，疇能澹無營。悠然衡門下，讀已輒復耕。方塘暄微和，水色映我廬。鳴禽懼新節，景風亦徐徐。時挈二三友，燕坐此城隅。中庭復何有，梅萼交扶疎。春盤乏兼味，花下傾一壺。流化日與偕，慮澹多所娛。嗤彼拘牽士，徒焉事守株。

## 得同年周巨川書

梁苑何時到？書來又洛陽。新裝歸日少，春草客途長。數口依官渡，層城背北邙。生涯任飄轉，飛動迥難忘。

## 和益齋旅懷

來往光黃客，風塵此隔年。春心千里雁，鄉夢九江船。野郭花空發，離筵月自圓。獨憐高士榻，能得幾囬眠？

## 柳

二月柳條斜，樓前始作花。春風吹一夜，飛絮已天涯。玉勒停游騎，金塘落暮鴉。君看攀折處，半是五陵家。

## 花下吟

春風幾夜吹塵沙，野棠葺葺纔作花。閉門芳草已堪惜，步屧山郭隨紆斜。溪邊茅堂晝無事，提榼携壺愜幽意。斜川鄰曲竟兹游，山陰少長欣咸至。茆堂逶迤臨西岑，夕陽窈窕桃花林。出籬映水弄姿態，欲落不落青春深。人生壯年豈不惜，花下參差歎何益？不見白馬五陵兒，倏忽東城復南陌。尊前渌酒生微波，舉杯欲進顔已酡。折花欹帽竟歸去，明日春風將奈何？

## 重經堅山

鐵色望岧嶤，丹梯接碧霄。中峰雲氣出，每夜百靈朝。峻憶垂絚險，幽憐跨澗遥。十年舊遊地，駐馬獨魂銷。

## 春日過訪樂寅山居

兩載憶深棲，花源到不迷。白沙春岸轉，紅藥晚階齊。竹外支高榻，窗間檢舊題。興來臨水曲，肯惜玉壺攜。

野岸花無數，移尊對暮天。春風又寒食，墟里自新煙。映日游絲墮，通籬碧水連。不因竹林宴，誰識仲容賢？

## 春夜與樂寅暨作霖昆季飲花下

山中草堂白雲滿，青溪桃李日在眼。東風忽吹春酒香，緑草如茵醉中軟。君家羣季秉燭游，金尊玉壺勸復酬。人間良夜幾如此，歸踏落花春亦愁。

## 溪上

地迥堪乘屐，林寒數倒尊。汀煙春改岸，山雨暮歸村。一雁平蕪下，羣鷗昨夜喧。獨愁芳草歇，溪上立黄昏。

## 題牡丹

誰送仙葩此地栽，暖煙遲日爛池臺。東風莫怨春無主，醉倚欄干一夜開。

## 自西溪往山中作

清溪已屢轉，我行隨意深。崖迴蔽樛葛，水石爲森沉。暮春多佳日，朋好共栖尋。山風振林薄，落英飄客襟。偶就松下酌，頗暢塵外心。夕景澹忘歸，眷兹山水音。

## 憶庭前牡丹

芳姿裊裊百花叢，露濕煙籠一院中。知是主人歸未得，檻邊無語立春風。

## 春閨思

庭際牡丹叢，籠煙緑草中。妝成映花立，只願減春風。

## 答樂寅見留

春山十日住，欲别竟如何。君自吟紅藥，吾猶戀碧蘿。野情金谷少，勝事竹林多。幾載聯床興，狂來付醉歌。

## 附書答實齋

題書遠寄鄽東路，尚憶弦陽積雪邊。料得亂鴉深巷裏，清晨猶擁襆衾眠。

## 懷天谷

西山蜿蜒被微緑，澗道潺湲凡幾曲。維摩方丈落花風，憶爾魚鐘食黄獨。鬓絲禪榻别經年，紅泉碧樹遥相牽。平蕪沿岸日欲盡，卻望中流迴舸船。

## 宿同學周子宅

童穉相逢汝水邊，聽雞曾着祖生鞭。誰知剪燭山窓夜，廻首春風二十年。

## 閨思

愁倚薰籠懶上機，碧桃開後柳花飛。郎情豈愛臨邛路，醉裏看花緩緩歸。

## 憶益齋

君向山中去，予歸悵碧蘿。不知淮上雨，得似客愁多。

## 樂寅至復有羅山之行爲此送之

溪堂憐舊約，囬首已春殘。忍向花前別，還追竹下歡。院苔閒不掃，闌藥醉須看。明發汀洲上，應知去住難。

## 野望

好花開欲盡，臨水望頻驚。朋舊天涯別，雲山病後情。草煙含雨重，風絮着林輕。廻首酣歌處，芳蘋日日生。

## 西門行

步出城西門，荒塚何纍纍。顧瞻狐兔域，旁跪十歲兒。欲語氣嗚咽，阿母强致詞。蘄黄數郡縣，連年遘殃灾。田廬盡漂没，鄰里各自馳。夫當挈妾出，誓願相依隨。崎嶇山谷中，日暮恒苦飢。兒啼苦不前，茫茫散路岐。殷憂内懷傷，寒餓更迫之。生與鬼薪隣，死將邱壑遺。兒前抱母頸，母死兒阿誰？骨肉異鄉縣，存亡那可知。負繈絡繹至，迎問非親私。鴻雁中澤鳴，孔雀東南飛。民生有家室，胡獨罹流離。

## 野田黄雀行

堂處防覆，安車慮危。野田茫茫，中有禍機。雀飛籬間，羅將安施。旁有少年，躡跡窺之。挾彈逐雀，雀自高飛。少年既去，雀復下來。

## 示從子開甲

汝小兄先背，吾生户漸衰。好從竹林地，常諷伏波詞。奮業青氊在，高堂白髮垂。邇來時就學，解誦野夫詩。

## 答樂寅羅山見寄

驛程東望滿汀洲，來往詩筒任唱酬。爲憶別時春已盡，不知何事遣春愁？

# 詩鈔卷十

## 懷閉筠亭先生

十載坐寒氊，誰憐老鄭虔？一官猶未達，多病遂爲緣。學舍閑經史，春風輟管絃。酒船無好事，烏帽可能偏。

## 贈堯風

五十能詩客，生涯寄水濱。獨悲和氏璧，豈戀季鷹蓴。白髮顔難駐，青雲氣未伸。坐看花絮晚，留取醉餘春。

## 送益齋

簪盍忘爲客，扁舟念此行。夏雲彭蠡澤，江月豫章城。旅食身差健，狂歌意未平。知君遠游興，歸卧逈含情。

## 夏日游白龍潭

出城西望盡雲松，跨澗緣崖暑氣重。爲愛竹陰行更遠，飛流猶隔兩三峰。

## 山樵行

南山蒼翠高嶙峋，深榛四時聞采薪。溪煙蒙密衝㡿過，棘刺刺手荆纏身。昔時荷擔入城市，囊中有錢肩負米。今年枵腹僅一餐，歸家何以活妻子。門前石田坼不耕，官倉紅粟成瑶瓊。不知輾轉填溝壑，隱隱鄰村聞哭聲。

## 避暑山寺

澗道入盤紆，巖亭暑氣無。竹邊敷坐席，松下見行廚。鮮帶清風至，移尊皓月俱。夜來禪榻静，依宿碧山隅。

## 苦熱行

火雲鬱蒸日車赤，飈風颺光鑠砂石。弱紈纖絺服不得，浹背滂沲轉煩劇。南有湫兮鬱靈塲，蛟龍宅兮貝爲堂。安得紫鬒髮淒氣，層冰嵯峨森我旁？

## 雨夜

追涼移短榻，入夜夏雲徂。片雨垂還散，踈星有乍無。濕螢翻不定，宿鳥暗相呼。此夕昭回歎，中田望未蘇。

## 吴子自廣南歸因贈

吴子中州俊，南游氣頗豪。衣銜五嶺霧，帆掛九江濤。萬里抽班管，孤身仗寶刀。登臨饒勝概，不惜話同袍。

## 驟雨旋霽

殷殷驚雷起，城隈積熱煩。黑雲春日氣，白雨走山痕。餘濕沾幽徑，殘陽下遠邨。輕風林外至，不覺暮蟬繁。

## 溪上

兩岸菰蒲草閣虛，漁翁放艇暮煙初。柳陰秋水深三尺，月下新凉看打魚。

## 送徐芳圃夫子赴粤西典試

岧嶢五嶺堆祝融，氣衝南極光熊熊。我師文標指萬里，瑶篸玉筍難争雄。憶當弱冠蚤通籍，江縣春風已飛舄。姓氏俄沾玉牒香，恩榮更執金門戟。前年奉使古汴州，高嵩大河拄笏收。一從侍直蓬萊殿，忽復乘槎江漢流。武昌横江半樓閣，洞庭秋高水空泊。秦地羅池屬桂林，漢時象郡通邛筰。今皇文德綏炎荒，中和樂職宣無疆。鮫珠鐵網搜已盡，丹青竹箭材多良。我師采風奏天子，百丈晨牽上灘水。豈惟壯觀記平生，兼使儒宗振南紀。偉哉此行羅衆英，五雲繽紛騰紫清。歸時雨階舞千羽，好侍承明賡頌聲。

## 班婕妤

紈扇由來薄，迎凉委篋中。昭陽正歌舞，不覺有秋風。

## 秋夜

落葉凛已秋，寒雨灑向夕。流螢度空墀，哀蛩啼暗壁。滅燭怨遥夜，撫枕懷疇昔。不知獻玉心，空悲采珠客。百慮隨年并，獨寐知形役。商飈發幽幔，重欄歘蕭槭。悠悠江海思，叢芳豈暇摘。

## 項王篇

君不見項王拔劍江東起，八千子弟鋭無比。咸陽火照三月紅，鴻門宴前亡沛公。三千縞素已奪氣，夜半陰陵楚聲沸。當時氣懾十餘壁，垓下空悲萬人敵。江寒日暮愁風波，父老雖憐將奈何。虞兮帳下慘不語，千古英雄付兒女。

## 秋日小山莊作三首

出郭塵襟爽，高原景色閒。空陂通野竹，古堞帶秋山。客至隨争席，林幽即掩關。豈將叢桂隱，歲暮或能攀。

舊日平泉勝，荒園數轉移。野花寒隱礎，秋水碧通籬。歌舞空遺跡，江山豈昔時。獨憐宋玉宅，摇落重含悲。莊西爲大復書堂故址。

西郭開林藪，連峰對草堂。有時尋洞壑，無事引陂塘。過雨菱荷碧，迎風秔稻香。秋深村釀熟，不惜屢傳觴。

## 懷葵圃

惆悵西風渺舊歡，吴雲楚樹兩漫漫。秋憐江上蓴鱸美，老覺人間道路難。甫里漁樵誰共詠，石湖臺榭舊曾看。扁舟我亦江南思，欲采芙蓉惜已闌。

## 柬筠亭

故人俱落魄，憐爾更憂居。吴隱終鳴鶴，王通早授書。秋蟲依暗壁，暮雀下寒除。獨喜相鄰並，題詩過我廬。

## 雨過梅江

寒城雨色晚霏微，曲巷泥深客到稀。千里鱸魚秋思切，十年燕雀壯心違。燈昏忽點流螢入，簷冷猶沾落葉飛。知是客窓情話好，坐聽殘漏竟忘歸。

## 送人之汴

暮蟬高柳動行軒，汴水東流没漲痕。試上平臺看宋苑，秋風落日古夷門。

## 夜抵山家

亂山行夜半，列炬上青冥。草露螢光濕，林風虎氣腥。危梁心屢折，沓嶂眼曾經。及到前溪舘，柴扉叩已扃。

## 秋日靈山村居二首

澗道秋霖溜決渠，槿籬茅舍爲新除。從教野老常争席，未可漁人共卜居。鄰火隔村舂晚稻，野航收網市溪魚。明當拄杖尋幽壑，谷口松苓好自鋤。

溪邊白石啟巖扉，户外飛泉隱翠微。早覺薜蘿通宿霧，即看水竹净朝暉。穿籬瓜蔓堪時摘，移席壺觴好重揮。乘興豈因叢桂樹，幽居還戀芰荷衣。

## 田家

小市通山路，高林帶石門。年荒收橡栗，村晚散雞豚。天豁新晴景，沙平舊漲痕。田家秋釀熟，呼取醉黄昏。

## 望靈山因憶寺中舊遊

峭壁何朝寺，連峰翠掃天。五年曾一到，十里竟無緣。竹外傳香梵，雲中下瀑泉。幾時凌絶頂，重與問棲禪。

## 由靈山赴丹谷二首

夕息傍隈隩，晨策徂靈岑。崖轉霧益密，林深氣始森。積石竦澗户，樵蘇振微音。澄潭映緑篠，陽壑冒紫參。自非探幽異，何由歷嶇嶔。溪迴趨正絶，層阿杳深沉。

幽壑忽復啓，升雲瞰羣峰。懸嶝縈細縷，噴泉曳危舂。居人背山阪，磵道激流淙。青荔既覆屋，紅槿亦列墉。洄沿乏虚泛，陵緬恣幽踪。豈伊慕樵隱，聊此游天慵。獨往意忘歸，日暮采紫茸。

## 山中久雨鄰人招飲比夜復還所居

東山五日行復宿，溪上秋風破茅屋。野人更邀西澗行，騎馬沿緣穿水竹。平田秔稻臨柴門，秋蛩向夕鳴籬根。殘燈酌罷卧山牖，一夜風雨孤邨昏。空林颯颯高霧濕，四山無人溪水急。鄰家酒熟呼我嘗，冒險衝泥下廣隰。秋天漠漠雨如織，歸向前村正昏黑。床沾屋漏不得眠，窮谷深山感何極！男兒悠悠江海人，胡爲久卧山中身？明朝雨晴驅馬去，迴首雲嶝空嶙峋。

## 筠亭招飲歸值風雨中夜不寐愴然有懷率賦長句

城中甲第競奔走，爾我清門但株守。先世親情共林巷，平生意氣還杯酒。憶當少小初綴文，十載寒氊對山牖。我游京洛見面稀，爾依井里開懷久。空庭雨細生蒼苔，古巷泥深落衰柳。人生有時飛斷蓬，世事何須擊空缶。城頭雨腳如亂麻，秋風捲樹驚棲鴉。歸來夜深四壁静，殘燈獨坐空咨嗟。爾今有書過五車，胡爲環堵窮歲華。徒爾登科愧李郃，不聞好事如侯巴。須臾簷溜雨忽瀉，呼酒無人共觴斝。荒雞夜半知不眠，應憶當年起舞者。

## 聞書院芙蓉盛開走筆柬七峰

去年夏潦菰蒲殘，今年水涸芙蕖乾。平生愛花興不淺，幾回懶向湖邊看。城西水亭秋瑟瑟，檻外芙蓉映緗帙。深紅淺碧變寒煙，密葉高枝冒初日。君不見江南游子白髮翁，年年客裏栽芳叢。亭邊昨夜鯉魚風，江上波寒落舊紅。

## 登池中廢臺

出城眄西岑，沿陂恣遠步。曲池雖未平，高臺已非故。古瓦埋苔澀，壞礎出水涸。徘徊觀陳踪，川原委相屬。人歸晚郭煙，日隱寒郊樹。來者復如斯，何爲此營作？

## 八月十四夜懷欒寅汴中秋試

汴州古梁園，奇游屬枚馬。孰知千載後，夫子特瀟灑。朝投宋苑中，夕息夷門下。夷門八月秋沆碭，黄河怒濤天下壯。歌吹輪騶代不殊，鶴州鳧渚空相嚮。男兒要當早致身，即今聖代無隱淪。鵾鵬會起圖南翼，騏驥終空冀北羣。當時授簡平臺在，鎖院巋然似相待。英靈河嶽盡來歸，詞賦風流終不改。夜寒月色棘垣高，羡君戰藝揮綵毫。忽憶昔年添臘燭，簷外西風立白袍。

## 中秋對月二首

移席逢秋半，清光此夜新。金波流易滿，玉魄皓初伸。樓舘誰家笛，關山幾處塵。何因傳錦字，休照翠眉顰。

三五玉繩横，城寒月逈明。輪高還抱嶂，影直故穿楹。皓露沾衣濕，栖烏逼曙驚。醉歌看不寐，檐外步深更。

## 宿聽公禪房

緑蘿陰裏問棲禪，石磴雲房舊有緣。買酒每邀元亮醉，題詩還就贊公眠。翠微寒磬摇山月，磵户秋風雜夜泉。惆悵朝來又城市，不嫌僧話坐流連。

## 梅江自五店寓書即行作此寄送

海内論交氣最親，十年江上往來頻。極知垂老歡難數，轉恐臨岐信易真。别酒豈傾多病日，扁舟誰繫暫時身。出城楓葉不相送，悵望河橋空愴神。

## 九日賢首寺登高三首

寒城寂寞逢秋節，野寺天清獨馬來。詞賦登臨原不數，江山摇落轉堪哀。雲邊石壁丹楓下，竹裏霜鐘碧殿開。一笑偶逢塵外侣，佳辰且覆掌中杯。

十年朋輩此題名，曾把茱萸醉後行。看菊不殊今歲興，憑高誰似故園情。西風旅雁天寒急，南國浮雲日暮征。去住可堪同令序，禪關囬首夕煙平。

絶頂誰追落帽歡，天風吹面送高寒。楚關殘照山層疊，梁壘荒榛路曲盤。時序驚心花自發，郊原極目醉偏寬。由來古意凴秋思，藍水樊川異代看。

## 送秦尉歸射洪

仙尉歸何處，青城第一峰。久甘梅福隱，應有丈人逢。峽樹啼猨暗，江帆帶霧重。射洪春色好，還對酒杯濃。

## 自柳園口渡河

河氣接朝暾，驅車宋北門。欝盤梁地壯，浩蕩禹功尊。曾擊中流楫，真探萬里源。天風轉帆疾，

隔岸渡人喧。是日東南風甚利

## 汴中別方山

三年不見君，相見復分手。欲別兩無言，徘徊大隄口。

## 宿汲縣因憶陳仲思太史蘇門之游

不見元龍久，名山憶此游。獨憐寒月色，還映百泉流。茅宇真堪結，鸞音或可求。明朝過淇水，只隔竹林幽。近聞有卜居之意。

## 漳水行

君不見鄴城城北漳河水，沙崩岸坼驚流徙。行人暮宿古隄邊，昔日荒臺竟何是。雄圖銷歇墓田平，東流嗚咽如有情。不見西陵松栢樹，况乃虛幃歌吹聲。漳水流，去不已。銅雀繾綣井冰起，吁嗟亦在漳河裏。

## 登叢臺

客行厭登陟，頗適邯鄲途。蒼然暮色中，遂造城東隅。層臺矗雲構，嘉木蔭廣衢。當年此都會，繁盛信可娛。峩峩叢臺宮，綺閣羅名姝。迴眄爲異物，况乃千載餘。川原委相屬，瞻望野踟躕。安知此陵緬，非即歌舞區。

## 真定道中懷古

太行西折勢嵯峨，此地曾經百戰過。一飯可能忘鉅鹿，層冰猶自渡滹沱。沙寒斷塹人煙少，樹遠荒原暮色多。獨惜澶淵城下事，宋朝終始失連和。

## 途中逢鄉人南還口占

相逢不及話暄寒，鄉思迢迢馬上看。君去但言相見好，計程今已到長安。

## 阜城驛

古驛燕南路，經過駐客車。山形高截霧，風力猛驅沙。道遠憐關塞，天寒感歲華。夜深樓外月，幾處醉琵琶。

## 重經方順橋夏氏園

方順橋邊駐客車，別來芳草幾天涯。亭臺無恙依流水，曾對春風第一花。

## 早行

塞雁幾時盡，北風天正寒。征人夜半起，明月滿林端。野館加餐早，霜燈理篋殘。計程知已近，雲際是長安。

## 涿州

涿鹿雄畿甸，連山擁薊門。九州南鎖鑰，三輔北屏藩。碣石長留館，樓桑尚有村。去天真五尺，想見帝居尊。

## 寓蓮花寺次答桐淮表叔

年來別思欲何如，携手天涯話舊廬。日下近求方朔米，雪中曾駐孟公車。巷連曉陌歌鐘裏，門掩僧寮粥鼓餘。忽枉新吟傾倒甚，争如遶壁覓君書。

## 送芳圃夫子守湖州便道歸省

茚旄昨喜嶺南歸，霅上今看畫鷁飛。到日湖山增氣色，去時冠蓋動光輝。吴蠶滿箔人家静，春水當筵候吏稀。最是綵衣經故里，新懸黄綬慰重闈。

## 都中除夕

客舍對椒花，春盤守歲華。歌鐘五陵夜，燈火萬人家。楚塞南雲迥，燕關北斗斜。故園小兒女，遥亦念天涯。

## 元日作己丑（按：以下諸詩目録有脱漏，據卷十詩名校補。）

皇都藹佳氣，結軫眺青門。閶闔暴靈景，駘蕩翕瑶軒。風光泛崇蕙，海色絢輕暾。朱轂既飈動，青旆亦雲屯。良辰欻來遊，聯鑣接鸞鵷。鄉雲垂五色，油油麗春原。陽澤肇元化，百昌乃滋蕃。中矚美翔洽，衍漾眷和喧。

## 春雪曲二首

春風吹雪九衢飛，瓊館瑤甍接素輝。漸入層城深不見，貂裘白馬幾行歸。

灑巷融城春態間，華燈流影照雲端。高樓簾捲看飛絮，翠袖金鈿不覺寒。

## 雪後登陶然亭

飛閣舒晴景，登臨盡帝畿。雪殘雙闕迥，春入五陵稀。北極山形擁，東溟海氣圍。同游俱英俊，詞賦有光輝。

## 都中元夜

三五秉良夜，層城玉漏遲。燈連九衢月，春入萬年枝。玉管凝瑤樹，金鈿墮繡帷。愁看曉霞色，漸欲映銅池。

## 對雪

朔風吹雪滿京華，樸被春寒轉憶家。不識鳳城千萬樹，依然清夢卧梅花。

## 夏日同游賢山寺

半載不游此，偶來塵意忘。竹陰穿澗碧，泉色映松凉。午院踈鐘動，行厨紫蕨香。遠公深愛客，不惜屢傳觴。

## 滇中出師歌四首

萬里鳴笳海上城，三年殺氣尚連營。詔書昨夜將軍下，新遣長安子弟兵。

橫浦樓船踰嶺遲，蠻方瘴癘限王師。軍門特賚黄金賞，敗將先梟白纛旗。

南連百粤北三韓，寶靺雕弓擁戰鞍。努力南征諸將士，至尊宵旰議登壇。

扶桑銅柱舊分疆，敢爾當車恃夜郎。景戮鯨鯢築京觀，直驅風雨洗攙槍。

## 出師

白羽西南徼，雕旗左右軍。炎天開瘴雨，隘地截蠻雲。已懲鮮於誤，誰收諸葛勳。廟謨宣萬里，計日掃妖氛。銅柱標南海，千年漢外藩。因攀武谿險，竟恃夜郎尊。虎衛青霄下，龍驤白水屯。珥貂新賜者，急爲答君恩。北伐烽煙静，南征虎豹豪。主恩深爾輩，軍令慎秋毫。壁壘飛鳶跕，戈鋋戰象鏖。夷黎早收復，强半伏蓬蒿。

## 九月廿日李竹居招賞菊花

一秋多病憐詩減，此日看花引興長。衰柳漸從門外落，幽蘭欲並畹中香。霜凄淡蕊寒仍放，風裊踈枝晚自芳。良會由來稱未易，不妨呼取盡餘觴。

## 益齋客歿光州詩以哭之

聚首真如昨，胡君就冥途。江湖歸路遠，天地旅魂孤。貧病家難計，踈狂世共揄。寢門何處哭，空自愧生芻。

# 雜著卷末

## 韓昌黎平淮西碑跋

蔡負嶮阻之地，具封狼之姿，不庭者殆五十年，樹本甚堅，未易圖也。憲宗不摇於衆議，卒相裴度、將李愬，於是淮右悉平。嗚呼！信如公言，惟斷迺成者矣。先是，公之論淮西事狀也，條分縷悉，不啻聚沙畫米，使以公將唐鄧之衆，則雪夜之擒豈出李愬下哉？至公之文，質而不繁，莊而得體，其源出於車攻六月，其詞媲於清廟生民。李商隱稱其父如元氣，信矣！方憲宗朝，夏蜀潞澤，跋扈跳梁，雖漸就鯨戮，而河朔三鎮日相窺伺，使不宣天子赫赫之威，何以示警中外驅策羣力乎？説者論其次第，戰功力辜史漢，不知公之所見，則尤不在彼而在此也。

## 上台藩司書

某以樗材，仰承眷逮。倒屣之愛，何以踰斯？雖明公廣菁莪之化，推吐哺之誠，揆之本懷，將自隗始。以某當之，益滋悚惕。省試文藝，自慚弇鄙，是以未敢遽呈左右，牓發見遺，未爲不遇。但愧無以上副襟期也。伏惟明公以韓范之資，膺方召之任，案牘餘閒，不忘著述。兩河之士，想望風采，若嵩之高、河之大，所爲極大觀而無憾者。韓太尉不得專美於前矣。夫推賢進士，昔賢所難，自衒自媒，士行所醜。某自登龍以來，每愧卑末，無以遊揚德業，然毛遂自薦之戒常用凜凜，此則某之所以上報明公者也。被放南還，騁懷山谷，念得益治其文，以毋廢古人研究之義，然懷想殷至，欝久未達，謹擇其常所著詩賦若干首，録在異卷，以備觀覽焉。

## 曹公去思碑記

僉憲曹公觀察豫南三郡，越五載，政成，天子進公爲福建按察使，褒公治也，豫大夫士咸慶公擢而難其去申，首善地民之戴公者，較他郡尤切。嗟夫！公政之入人深矣，夫觀察於民，任重而勢懸，化固未易逮也。公下車，首葺書院以教士治，不專事，搏擊務，濟以寬民，卒以相安，不敢犯歲。己卯蝻發，公先吏民暴日中，掩捕立盡。夏旱，公時按部還齋，禱甫三日，雨大降，是歲卒豊。公又嘗浚城渠、樹桑、掩骼，役舉而民不勞，法肅而下不怨，詩稱申侯之德，柔惠且直，公殆有其遺意乎？方公去，申民攀轅者以數千計，又建祠城北麓以祝公，公辭弗獲。越冬，申人益思公，迺爲碑，以文其實。公名繩柱，字介岩，以進士歷侍御史，出忝藩楚浙間，皆有聲，他履歷不盡紀，紀其大者以示不忘。比之甘棠之慕召公，寧是過與？夫古者顯陟在位，以彰有德，方今治具畢張，天子思大用公，以勵天下，天下之慕公者當無以加於申人之慕公也，爰爲詞曰：天子咨岳，以播厥猷。維申爲翰，輔植是求。公邁迺跡，宣其惠柔。以養以教，民罔違尤。表是南土，敷政爾優。南山之石，以世公休。

## 送鍾郡守南歸序

兩浙，天下財賦藪也，其利之大者，盡出於農桑，故其民由富而能教文學，卒爲天下冠。吾州守鍾公，浙産也，方壯，仕於四方，今將以是歸老焉。公之志蓋亦遠矣！公始任粤，以平劇寇功，世宗擢知瓊州，又知霍州，皆有聲。當公宦霍以贈君，公老，屢請於朝，得終養家居事贈君。公雖卑役，皆身任若忘其爲貴。歲癸酉，來治吾申，初甚和易，後連治大猾，民迺知其非徒以寬濟也。申舊有書院，面城瀕溪歲久圮，公捐俸葺以教士。公又患申民貧，取浙桑植書院側，每春夏交，水碧山青，菱荷競發，魚鳥相樂。公勸農其上，觀者若堵。嗟夫！公信能以富教民矣。今年，公乞休南返浙，申人不忍其去，爲碑城北麓以誌不忘。當是時，惜無工畫者圖其跡，以比漢之二疏云。公瀕行，辭於予，予無以榮其行，然嘗聞昌黎之贈行曰：『不以頌而以規，惟冀他日之求公者，當於南北兩峰間而一或遇之也。』

## 與畢梅江書

石門一别，忽忽經年，駐馬銜盃，猶依依在魂夢間也。去歲秋，程虹老言足下今春至。及許君來，知足下至不果，又不得足下書。江南北彌望，青山白雲，渺渺千里，携手未知何時也！追昔與足下定交三載，意氣之投無爾我。花晨月夕，贈答動盈篋。今春雨霽，出郭至溪南，落英繽紛，憶前歲脩禊，山寺歸途，與足下藉芳艸，更唱和，歷歷若昨日事。右軍云：『情隨事遷，感慨係之。』僕於足下亦云。二月中，自紹衣處得見懷詩，别感棼如，誦之茫茫然。近况奚似，聞載之某書中，卒不與聞，奈何奈何！外和答詩二首，附上鄙俚之辭，僅以抒離悃。足下教之是幸，耑俟復誨不宣。

## 書家松園集後

世稱李長吉詩波譎雲詭，絶去墨畦，其傳者僅二百三十餘篇而又以夭死，抑何戾也！及予讀提兄松園詩，悲其遇又慨焉，想其爲人。松園蓋嘗爲郡諸生云，君諱俶，字令祚，先伯祖河州公諸孫，少倜儻有大志。然輕世傲物，每自比劉伶、阮籍之倫，時人莫尚也。家貧善著書，所居宅旁植松一株，花竹四映，日飲酒數升。雖絶晨爨，其吟詠不止。詩洞胸鏤骨，以刻削爲工。同里進士馬時哉梓其集如干卷行之，家存集十餘卷。一夕爲偷兒竊去，仰天呼曰：『是愈於喪我也！』遂悲憤卒。其絶筆云：『侵窓冷雨孤燈近，入夜沉疴破被圍。』聞者哀之。嗟夫！長吉之殁也。十五年，得沈集賢、杜舍人，其書始稍稍出。然一厄於禮部，再厄於中表。古人云：『士無賢不肖。』入朝見嫉，長吉有之矣。兹松園之才，雖不逮長吉，而所遇又如彼，何古今人不甚相遠也，悲夫！

## 竹軒記

物之清心而别俗者，莫竹若也。其中虚外直，抑於學有取焉。程子曰：『心兮本虚。』傳曰：『敬以直内。』持盈遏邪之道，孰要於此學也，可以概於竹矣。予暇日於堂之西偏構軒一楹，前後植竹凡數十竿，風晨月夕，清籟疎影，若在瀟湘間也。昔王子猷、蘇子瞻皆不肯一日去竹，予雖不敢列於二君，然鑒物之義則深有取云。

## 告咎文并序

歲戊子正月不雨，至六月，旱炎日增，土脉龜坼，苗莠焦卷，閔僡寔作，凡兹祀事罔不修舉，乃歷旬莫徵，民命日蹙，溯厥所由，非致雨之備也。夫五行致災，昔聖滋懼，雖天地亢旱之常而告咎祈福義，亦有取焉。其詞曰：

二儀亢精，陰蒙陽專。厥和既乖，水土以愆。飈風揚塵，旱虹亘天。滌滌山澤，氣鬱不宣。赫羲銷鑠，燎原焚川。有芃者苗，偃彼中田。哀我人斯，胡憂不遄。茫茫申土，疆理已久。於磽於瘠，連畛接畆。饔飧不給，蓋藏何有。輾轉流亡，繈幼扶耇。焚尪率巫，罔不奔走。密雲不雨，明星在牖。暑惟癉矣，孰釋厥咎。夫惟后皇，下民是恫。協和庶物，甘澍以降。豈伊鮮惠，弗悔厥兇。靳是靈澤，日益藴隆。謂天蓋高，理或蒙昧。胡彼桑野，朝禱夕沛。邑或有罔，野或有緣。寧骼弗掩，寧壁弗戒。是用狼顧，釋其耜耒。於穆皇祇，驅御百靈。紫宮勾陳，虎豹晝扃。霓旌翠旒，九關冥冥。我蠢何辜，寧莫予聽。乃召雨師，沉陰降陽。乾晶瑶輝，韜精鬱芒。左驅飛厲，右叱攙槍。屏翳先道，豊隆啟行。渰渰凄凄，灑灑洋洋。周原廣隰，流潦縱横。勃彼禾黍，載振其英。既鞠既靡，庶憫其傷。以迓釐福，歲其有康。

## 賢山記并序

申，巖疆也，西南五里有賢首山，峻嶺袤延，秀若屏列。澗斗折而入，茂林脩竹，青葱陰翳，名藍在隱約間。歲庚辰，僕偕友何子堯風、郭子筠亭、張子樂寅、家秀升兄讀書寺之東偏，暇日得詩若干首，間有游歷，輙爲記，亦猶王右丞之於輞川、柳儀曹之於愚溪云。

晨起抵谷口，路盤山腹，夾松石，寂無人行。嵐氣空濛，時聞山鳥聲，朝霞忽射林杪，層巒如黛，遠浮空際。名藍金碧，縈青繚白，西山爽氣在襟帶間矣。

由鎖溪橋而南，出叢竹，水聲淙淙，然接武音公池水，清冽澈底，石魚約數十頭散布荇藻間。既忽翕習，怡然不動，若與遊人相樂。池上磐石，翠幕糾結，列坐神息，澹乎忘歸。

仙石嶺西爲鹿澗谷，幽邃泉伏地行，至鹿澗始出，掬飲之，味甘冽若惠泉，然雨時澗雲縷縷出，石罅蠕動，山翠移頃，重巖絶壑，漭瀁合盎，倏忽改觀。梁王壘踞寺東巖，按魏齊書，梁武拒北魏軍此，自寺折而南路紆衍。寺僧德普指余曰：『君曩遊未奇也。』由寺東有危澗，路峭削，稍折爲松嵒，松或連蜷若屈蠖，或倚伏若偃蛟，怒而攫者，垂而旒者，蹲踞而糾結者，根裂石而濯泉者，雖僻甚奇也。至則攀葛藟，凡三休，始達壘，城郭掩映，河流縈帶，騁懷遊目，遂竟斯遊。

寺中可登而眺者，惟雙柏館，閣危，厰峙松壑間背。枕崖谷前俯雕甍，水光山色，洞達入窓，豁如也。階前有栢二株，矗直千尺，大數十圍，虯枝攫天，陰森若雷雨垂，憑欄遠矚，大貴諸峰，俱羅列如兒孫，白雲青靄，迥殊朝暮，久屬大觀。

## 雜言二則

賦者，騷之流也。不麗則不雅，不博則不肆，故賦莫盛於漢，下此亡不靡而淫矣。樂府者，古詩之遺也。聲不正則浮媚，意不質則猥弱，故樂府盛於漢，下此亡不繁而巧矣。

氣者，文之輔也。骨者，文之主也。故采也而素先之，水也而風行之。先之者，骨也。行之者，氣也。是以骨振者，其言閎而肆；氣醇者，其旨清以遠。

## 月華頌

維月徂夏，瑞溢方諸。穆穆離離，如葩斯敷。景暴圓靈，晶瑩垂鑑。東沼嗣英，西冥振罕。珠貫璧合，霞蔚雲縵。藹藹露降，歷歷榆粲。氣霽四表，彩韜素漢。桂苑既啓，蘭阪有爛。蔚矣炳矣，朱蕤孔嘉。扶光委照，辰通星羅。陽德維宣，陰道順和。昭哉乾象，符其精華。皇極斯建，厥美無加。

## 鼎贊

粵稽神禹，鑄鼎象物。九牧貢金，一鉉貫玉。鉅鎮維新，神奸以燭。元黄在中，太羹集具。丕哉令圖，山父載譽。戒溢持盈，永保貞固。

## 琴贊

猗彼雅器，淵然太音。朱越曜采，明徽隱金。别鶴悲嘯，風雨蒼岑。清側忽調，春雪載陰。其韻彌淡，感而遂深。五聲無間，沖和厥心。

## 鏡贊

洪冶運巧，厥象曜靈。西裔順位，元輝夕陰。背儀金梵，光凝玉英。草面去僞，洗心净淫。在塵無翳，天機常瑩。昭哉雕麗，惟子之珍。

## 劍贊

昆吾範金，載化神器。光宣紫函，夏璜作飾。霜花淬天，秋水盈尺。厥德維剛，往無不利。象彼九功，岸然古質。子善博物，貽鎮奕世。

# 附録一 傳記

## 《劉應陛小傳》

劉應陛，字覲辰，一作覲宸，號胎簪，河南信陽人。生於雍正十三年（一七三五），卒於乾隆三十五年（一七七〇）。乾隆三十年（一七六五）舉人。生而喪父，幼秉母教，即大異常。稍長，自刻勵，凡漢魏以下諸名集，靡不搜討窮研。又師從詹事陳浩，學問益深。中舉之後遊京師，時陳浩之子陳本忠官户部，與朱筠、姚鼐、程晉芳善，每宴會輒邀應陛與俱，對酒論詩，諸人皆傾倒之。論文重氣骨。卒後，同邑張大同、何樸、郭燕翼輯其所遺詩文爲《胎簪集》。參考文獻：《胎簪集》卷首卷末、《（民國）重修信陽縣志》卷二六。

（編者言，《清代詩文集彙編》第三八六册，上海古籍出版社 2011 年。）

## 李時燦《中州先哲傳》

劉應陛，字覲宸，號胎簪，信陽州人。幼聰慧，七歲就傳，不踰年能詩。十五補諸生，學使孫灝激賞之，吴編修鴻一見引爲詩友。乾隆三十年拔貢，遂舉是科鄉試。從陳浩學，浩曰：『異日繼何先生而起者必生也。』計偕入都，從朱筠、程晉芳、姚鼐遊。每讌集，應陛詩一出，諸公輒停杯，即好飲者未嘗呼酒也。應陛天才超邁，兼得山川精鬱浩蕩之氣，故其爲詩，玉粹金和，上可以追踪七子，賦亦導源齊梁，淫思古意，聲色瀰漫，嘗曰：『賦者，古詩之流也，不麗則不雅，不博則不肆，故賦莫盛於漢，下此亡不靡而淫矣。樂府者，古詩之遺也。聲不正則浮媚，意不質則猥弱，故樂府盛於漢，下此亡不繁而巧矣。』又曰：『氣者，文之輔也；骨者，文之主也。故采也而素先之，水也而風行之。先之者骨也，行之者氣也。是以骨振者，其言閎而肆；氣醇者，其旨清以遠。』論藝精識如此。卒年三十六，著《胎簪山人詩稿》十卷，賦一卷，雜文一卷。符保森曰：『信陽何大復與空同並稱詩道中興，遂爲明代一大宗，歷三百年而有劉覲宸。』

（李時燦《中州先哲傳》卷二十七《文苑五》，經川圖書館民國刻本，第20—22頁。）

## 方廷漢、謝隨安修，陳善同等纂《重修信陽縣志》

劉應陛，字覲宸，號胎簪，原籍江右梓溪，前明遷信陽衛南村，自大參侍御兩公以進士起家，代有文人。應陛爲其六世孫，生而背父，飛隴十四日，稟母教，幼即大異常兒。七歲就外傳，不逾年吟誦成章，州人咸嘖嘖稱奇童。十五應童子試，遂冠軍。孫虛舟學使奇其文，一再試以詩賦，欣賞不置擬諸蘭蕙圭璋。應陛益自刻勵，求與古會，凡漢魏以下諸名集靡不搜討窮研，吴雲巖一見，引爲詩文知己。既又從宫詹陳紫瀾先生學，造益深。乾隆乙酉入選貢，遂舉是科經魁，文名噪甚，大河南北無不延頸企慕，一欲識其人，争先快睹其詩文。繼遊京師，宫詹子世昌官農部，夙與朱竹君、姚姬傳、程魚門善，每宴會輒邀應陛與俱，對酒論詩，諸君皆傾倒之，即好飲者亦停杯讚賞。丙戌、己丑兩薦未售，其受知主試，某公愛其才，以書薦之。某太史卒，不往謁。性孝友，事寡母尤謹。自以背父太早，每春秋墓祭，輒愴然悲泣竟日。善與人交，久而敬之。家素封，凡鄰里告貸，如願以償，意豁如也。論文重氣骨，嘗謂：『氣者，文之輔也；骨者，文之主也。故采也而素先之，水也而風行之。先之者骨也，行之者氣也。是以骨振者，其言閎而肆；氣醇者，其旨清以遠。』即此可以概其爲人。惜其享年不永，僅三十六而卒。没後，同里戚好彙集手澤，得詩十卷，文一卷，名胎簪，記梓以傳。子雲甲，歲貢生，善書法，性恬静，安貧樂道，不慕榮利，日以詩書自娱，教讀爲業，饔飧不給，淡如也，其墨蹟頗近鍾王，人争寶之。

（方廷漢、謝隨安修，陳善同等纂《重修信陽縣志》卷廿六人物志二之二，文學，漢口洪興印書館 1936 年 12 月出版。）

# 附録二　評論

## 徐世昌《晚晴簃詩話》

劉應陛，字覲宸，號胎簪，信陽人。乾隆乙酉舉人。有《胎簪山房詩稿》。詩話：覲宸詩專學其州先進何大復，心摹手追，可謂形神俱似。惟七言律，有大復之明秀，無大復之高渾，較諸體爲遜。其論文有云：『氣者文之輔，骨者文之主，故采也而素先之，水也而風行之。先之者骨，行之者氣。是以骨振者，其言閎而肆；氣醇者，其旨清以遠。』論藝有精識多類此。

（徐世昌撰，傅蔔棠編校《晚晴簃詩話》卷九十二，華東師範大學出版社 2009 年，第 662 頁。）

## 楊淮《中州詩鈔》

劉應陛，字覲宸。信陽人。著有《胎簪山人集》。覲宸天才超邁，兼得山川菁鬱浩蕩之氣，故其爲詩玉粹金和，上可以追踪七子。錢南淳云：覲宸年十五，冠童子軍。後孫虛舟先生督學河南，賞其詩，擬以蘭蕙圭璋。吴雲巖一見，引爲詩友。乾隆乙酉入選貢，遂舉是科鄉試。從陳未齋宫詹學，宫詹稱其詩似大復，不獨所居同地，卒之歲亦如大復。天地生才而不假以年，其故何哉！淮謂大復之名滿天下，而覲宸名不出里閈，特録其詩，使世之知信陽繼大復而起者，又有覲宸在。

（楊淮《中州詩鈔》卷之十七，中州古籍出版社1997年，第413頁。）

## 李靈年、楊忠《清人别集總目》

《胎簪集》十卷首一卷末一卷，乾隆刻本（豫圖）。

［附］劉應陛，字覲辰，信陽人。乾隆三十年舉人。

（李靈年、楊忠《清人别集總目》上册，安徽教育出版社2000年，第532頁。）

## 柯愈春《清人詩文集總目提要》

《胎簪集》十卷

劉應陛撰。應陛字覲辰，號胎簪山人。河南信陽人。乾隆三十年舉人。年未四十卒。此集有陳本忠序，乾隆三十七年刻，中國國家圖書館藏。

（柯愈春《清人詩文集總目提要》，北京古籍出版社2002年，第766頁。）

## 吕友仁、查洪德《中州文獻總録》

劉應陛，字覲宸，號胎簪，信陽人，幼聰慧，十五補諸生，乾隆三十年（一七六五）拔貢并舉是科鄉試。從陳浩學。公車入都，從朱筠、程晉芳、姚鼐遊，聲名藉甚。時謂何景明之後應陛乃嗣響云。年三十六卒。《中州先哲傳·文苑》《重修信陽縣志》有傳。

《胎簪集》十卷首一卷末一卷，首一卷爲賦，十卷爲詩，末一卷乃雜文。陳本忠序云：『信陽劉君覲宸，豫之詩人也。自先君子以詩古文之學著於詞館，聲稱遠近四十有餘年，及退休於家，而授學大梁書院，先後至者千人，君請業焉，余始識之，而君未之言詩也。乙酉鄉試，見君塲中卷，余決其必售，固留之不使歸。比榜將發，則獨與之夜飲，君意若皇皇，而余飲益劇，視之若無事者，知君之技必售，而果售也。公車將北上，乃出其往日之詩，先君子見之曰：「生之詩與古深矣。異日繼信陽何先生而起者必生也。」後余官農部，而君困於公車，每飲酒時，邀君與當時學士大夫如朱竹垞、程漁門、姚姬傳諸人，皆以詩文重於世，然君一出其詩，諸君子不暇相與言，即好飲者誦君之詩皆停盃未嘗呼酒也。屢困而不售，余視之若有不釋於中者。及其歸也，年未四十而死，遇不遇命也。若其詩之所至，方日進而未之止，有古人之業而不使之終，豈不重可惜哉！

君之卒也，先君猶在豫，接其遺書與藏稿，願得先君之言以爲序，時方束行裝將北上，迫遽中未暇爲之文，比至家而吾父即逝。嗟乎！讀覲宸之詩，余何忍無言耶？』楊淮《中州詩鈔》云：『覲宸天才超邁，兼得山川菁鬱浩蕩之氣，故其爲詩，玉粹金和，上可以追踪七子。』又云：『陳未齋宫詹稱其詩似大復，不獨所居同地，卒之歲亦如大復。天地生才而假以年，其故何哉！淮謂大復之名滿天下，而覲宸名不出里闬，特録其詩使世之知信陽繼大復而起者又有覲宸在。』此集乃卒後同里戚好彙集刊行，有乾隆三十七年（一七七二）刻本，河南省圖書館有藏，《重修信陽縣志·藝文志·集類》、《中州藝文録》三一、《河南通志藝文志稿》、《河南省圖書館中文古籍書目·集部》並見著録。

（吕友仁主編，查洪德副主編，《中州文獻總録》（下册），卷三十二，中州古籍出版社2002年，第1390—1391頁。）